LILITH WHO LOST HER ARM

CONTENTS

璃々栖・弩・羅・阿栖魔台
Lilith de la Asmodeus

旧・阿栖魔台王国へ

神威中将
Kamui

ヱキャンバス
Ecanbas

「キミ、エキャンバスって
なまえなんやね！」

阿ノ玖多羅皆無

Anokutara Kaina

腕を失くした璃々栖　弐

～明治悪魔祓師(エクソシスト)異譚～

明治サブ

角川スニーカー文庫

23676

口絵・本文イラスト／くろぎり
口絵・本文デザイン／草野剛デザイン事務所

LILITH WHO LOST HER ARM

maria

開幕

明治三十六年（一九〇三）十二月一日、昼下がり／狭間（はざま）／阿ノ玖多羅皆無（あのくたらかいな）

プァアアアアアアア――～～～ンッ!!

悪魔的な汽笛の音が狭間の世界に鳴り響く。

物理界（アッシャー）と霊界（アストラル）の間に横たわる空間を切り裂くようにして、汽車が走っている。その汽車――皆無たちが乗り込んだ魔界行き便の、壁という壁から亡者たちが湧き出てくる。

「疾（と）く悪魔化（デビラキズ）せよ、皆無！」

受肉（マテリアラキズ）しかけた、幽鬼（レイス）とも屍鬼（ゾンビ）とも判別しかねるグズグズな肉塊どもを蹴倒しながら、璃々栖（リリス）が鋭く指示してくる。

「この変な空間の所為（せい）で上手（うま）く集中できへん！　いや」皆無は驚愕（きょうがく）する。「魔術が完全に封じられとる――ここはもう大印章世界（グランドシジル・オブ・ワールド）の術中！　この列車、罠（わな）やったんや！」

「魔術が使えないなら」そこに飛び出してきたのが、皆無と璃々栖の護衛として同行している神威（かむい）中将である。「斬り伏せればよいだけのことよねェ！」

大日本帝国の退魔機関である陸軍第零師団（だいぜろしだん）、その中でも対西洋妖魔を専門とする第七旅団。その旅団長であり、日本最強の悪魔祓師（エクソシスト）集団『十二聖人』の第一位でもある神威中将が、わずかにヱーテルを纏（まと）わせた軍刀で以（もっ）て亡者たちをバッタバッタと斬り倒していく。

中将が刀を一回振るう度に、亡者が一体、輪切りになる――否、実際には皆無や璃々栖が目で追えない速度で十度、二十度と刀が振るわれているのである。

「罠じゃと!?　誰がそんな――」

「そんなん決まっとるやん！　――毘比白や！」

そう。先日、皆無たちが倒したのは、あくまで毘比白の分体。本体は今も健在で、魔界から璃々栖たちのことを虎視眈々と狙っているのだ。

この旅の目的は、阿栖魔台移動城塞を動かすことのできる魔導技師――沙不啼家の悪魔大印章を受け継いだ者を探し出すことである。

國鉄三宮ステヰションの裏側である『如月駅』から、皆無・璃々栖・神威が意気揚々と汽車に乗り込んだのが今朝のこと。午前中いっぱいは平和な鉄道の旅だったのに、午後になって――皆無の【瞬間移動】では引き返すのが困難なほどの奥地にまで引きずり込んでから、こうして汽車が牙を剝いたのだ。

「列車に化けられる悪魔というと、所羅門七十二柱が一柱・愚羅沙不栖じゃな！　あやつ、阿栖魔台家と同盟関係にありながら、裏で毘比白と繋がっておったというわけか」

皆無は得意の南部式自動拳銃で以て、亡者を払いながら車両後部へと突き進んでいく。

取りこぼしは璃々栖が抑え、殿は神威中将が務める。

「愚羅沙不栖は火に弱い。皆無よ、【第七地獄火炎】で焼き払ってしまえ」

「けど、車内では魔術が使えへん」

ここは敵の大印章の効果範囲内。

「そう。じゃから、車外へ出るのじゃ！　せーのっ」

璃々栖の合図で、璃々栖と神威が窓から屋根の上へと飛び乗った。

一方、皆無は列車の最後尾へ出る。欄干越しに眼下を見やれば、何処までも果てしない虚無が見える。そう、汽車は虚空を走っているのだ。

皆無は欄干に足をかけ、力いっぱい車外へ飛び出す。途端、力が戻ってきた。敵の大印章の効果範囲から抜け出したのだ。悪魔の翼で以て姿勢を制御し、振り返る。ちょうど、璃々栖が屋根からさらに高く飛び上がったところだった。

（【三つの暴力・女面鳥に啄まれし葉冠・呵責の濠】）

脳内高速詠唱。神威の姿が見えないのが不安だが、彼の武人は滅びぬ肉体・エーテル体を会得している。大丈夫であろう。

（【苦患の森に満ちる涙よ雨となり・煮えたぎる血の河と成せ・パペサタン・パペサタン・アレッペ・プルートー】）

亡者どもが後ろから押し出され、欄干から下へ下へとこぼれ落ちていく。皆無はそんな亡者どもと、その先にある列車――悪魔総裁・愚羅沙不栖（グラーシャラボラス）を正確に捉え、

「――【第七地獄火炎（プレゲトン）】ッ!!」

地獄級の破壊魔術を放った。

「ゴォォオァァアアァアアアァアアアアァアァアアアアアアアアアアアアアアアアアアアッ!!」

白熱。鉄をも溶かす炎に包まれ、愚羅沙不栖（グラーシャラボラス）が断末魔の叫びを上げる。

……やがて、列車から生命の反応が消えた。魔術で入念に索敵しながらも、皆無は勝利を確信する。相手は所羅門七十二柱（ソロモンズデビル）だが、こちらとてエーテル総量十億超えの大悪魔（グランドデビル）であり、七大魔王（セブンスサタン）が誇る大印章（グランドシジル）の化身なのである。

「ふう……わわわっ」

残心を終えるや否や、皆無の飛行姿勢が乱れる。大印章世界（グランドシジル・オブ・ザ・ワールド）のことがなくとも、狭間の空間はエーテルの乱れが激しく、思うように悪魔化（デビラキズ）が維持できないのだ。皆無は空中を泳ぐようにして列車に手を伸ばし、欄干につかまっ――

❖　❖　❖

同刻／同地／璃々栖・弩・羅・阿栖魔台

「あちっ、ぅわちちちっ！　熱いっ!!」死んだ列車に降り立った璃々栖は、焼け爛れた屋根の熱さと暑さに瞠目する。愚かにも屋根から足を踏み外し、「うわぁあああッ!?」

「まったく、手の掛かる子たちだこと！」

窓から手を伸ばした神威に救われた。

「神威殿！　いやぁ助かったぞ。――【冷却】」初級の氷魔術で周囲の温度を下げながら、璃々栖は車内に戻る。「それで、皆無は何処じゃ？」

「それが、分からないの。もしかしたら、落っこちてしまったのかも……」

「なっ!?」【万物解析】で気配を探るが、車内に皆無の気配はない。璃々栖は大慌てで列車の最後尾へ走り、狭間の底に向かって叫ぶ。「皆無――――ッ!?」

❖　❖　❖

狭間の底は、深い。

璃々栖は神威を背負いながら、右腕に宿った小印章(ノーマルシジル)の力で風の魔術を操り、ゆるゆると降下していく。

「地水火風の魔術が使えるのって」筋肉ダルマにしてオカマ顔の神威が、くねくねしながら言う。「本当に便利ねェ。うらやましいわァ」

「とはいっても、予(よ)が扱えるのはどの属性も中級魔術留まりじゃがのぅ」

初級・中級・上級のさらにその上、地獄級魔術である【第七地獄火炎(プレゲトン)】をポンポンと使える皆無のバケモノっぷりを思う璃々栖だが、神威からすれば璃々栖も憧憬の対象らしい。

「それでもうらやましいわよォ。アタシには、このとおり剣しかないから。【対物理防護結界(アンチマテリアルバリア)】の一つも使えないのよ？」

「それだけ剣が振るえれば、十分じゃと思うがのぅ……おっ？」

地面が見えてきた。着地予測地点は、何やら小山のようになっている。

（いや、あれは亡者の群れ――まさか皆無があの中に⁉）

亡者たちが、ある一点に向かって腕を伸ばし、群がっている。着地するや否や、璃々栖は風魔術で亡者たちを吹き飛ばしていく。神威も亡者たちを輪切りにしていく。

やがて、皆無が見えてきた――いや、

「だ、誰じゃそなたは!?」

璃々栖は仰天する。五、六歳程度に見える、小さな小さな男児が出てきたからだ。

「ひぅっ……」全裸の男児が、今にも泣き出しそうな顔をしている。その顔は、皆無が五、六歳のころだったらこのような顔立ちをしていたことだろう、という顔かたちをしている。

「か、皆無ぁ～～～ッ!?」璃々栖は、おっ魂消る。

「うぇぇぇぇぇぇぇん！」幼児の姿になった皆無が泣き出す。

「あらあらァ」全ての亡者を輪切りにし終わった神威がやってきて、「亡者たちにヱーテル体を喰い散らかされちゃったみたいねェ。ま、生きてればそういうこともあるわよ」

（どうしてこんなことに……）璃々栖は天を仰いだ。

遡ること、一週間前……。

――腕ヲ失クシタ璃々栖【弐】、ココニ開幕ス。

LILITH WHO LOST HER ARM

Demonize

第壱幕

同年十一月二十四日、朝／神戸外国人居留地オリエンタルホテル前／皆無(かいな)

「号外〜ッ！　号外〜ッ！　ついに戦が始まったよ！」

「な、ななな……」

さぁ魔界へ乗り込むぞ、とホテルを飛び出した矢先のことであった。空を舞う号外に、皆無は仰天した。

――皆無は、迷った。

❖　❖　❖

「嗚呼(ああ)、どうすれば……」パリ外国宣教会(MEP)屋敷の自室で、皆無は頭を抱える。

「どうもしない」璃々栖(リリス)の近衛(このえ)にして育ての母、甲冑(かっちゅう)姿の聖霊(セアル)が溜息(ためいき)をつく。「お前はもう、阿栖魔台(アスモデウス)王国の臣民にして未来の王配なのだ。気持ちは分かるが、日本のことは捨ておけ」

「そうは言うても、このままやと日本が滅んでまう――――ッ!!」

「皆無」皆無の王にして愛する女性・璃々栖が、いつものように泰然とした笑みを浮かべながら言う。「遣いを頼まれては呉(く)れぬか？　花王の石鹸(せっけん)が切れてしもうてのぅ」

「え、今⁉　それ今必要⁉」

「これから出ようと思うのじゃが、その前に身を清めておきたくてのぅ」璃々栖が妖しく微笑(ほほえ)む。「そなたも一緒に入るか？　んんん？」

「急いで買うてくる！」

同刻／同地／璃々栖

「助兵衛(すけべえ)小僧が、まったく」璃々栖は溜息一つ。「毎度毎度、予(よ)はあやつに振り回されるのぅ」

「陛下がそれを言いますか……。ですが、陛下は皆無に気を遣い過ぎです」

「あやつは、予の左腕(グランドシジル)。あやつが予の腕を務めることを拒否したら、予は一巻の終わりじゃァ。あやつは存在しているだけで、予の宝であり、最大の脅威でもある」

「だから機嫌を伺うと？　王たる陛下が家臣たる王配に？」

「悪霊化(デモナキズ)・悪魔化(デビラキズ)・魔王化(サタナキズ)、そして大印章(グランドシジル)への変化——あやつが力を付けていった経緯は、予への愛があったればこそ。なるほどあやつは予に心酔し、予を崇拝し、予の弱いところまで認めて呉れ、支えようとして呉れておる。じゃが、無償の愛など所詮は虚妄よ。予が日本を見捨てたとして、あやつは言葉の上では付き従って呉れるじゃろうが……しこりが必ず残る。そのしこりは、やがて破綻を生むじゃろう。左腕化はもちろん、悪魔化もままならなくなるやもしれぬ。そうなれば、予は破滅じゃ」

事実、毘比白を退けたあの日以来、皆無は左腕化に成功できずにいる。皆無は強い。が、精神的にまだまだ脆い。そこを己が支えてやらねばならぬ、と璃々栖は思う。

「ですから、もっともっと決定的に、皆無を陛下に溺れさせせよ、と。再三、そう申し上げているのです。夜の営みはどうなっておいでで？　昨夜は高級ホテルの一室で同衾しておられましたが、少しは進展したんでしょうね？」

「うっ……」露骨に視線を泳がせる璃々栖。

「はぁ～！」聖霊がこれ見よがしに溜息をつく。「そこまで好きで好きで堪らないのでしたら、さっさと想いを告げて抱かれればよいではありませんか！」

「う、ううぅ……そうは言ってもじゃなァ」

「まぁたソレですか。どうして陛下はこう、肝心なところで屁垂れるのですか！　屁垂れ陛下！　それでも色欲の魔王の名を襲う者ですか⁉　夜の女の名は飾りですか！」

「言いたい放題言って呉れるのぅ！　じゃがな、こういうのはもっとこう、焦らずゆっくりと育みながらじゃな……」

「まったく情けない！　こう、ガッといってガツンと抱かれてしまえばよいではありませんか！　そうすれば、腕として合一するときのコツもつかめましょう」

「む、無理じゃ無理じゃ無理じゃ！」

「乙女ですか！」

「処女じゃよ！　知っておるであろう⁉」

璃々栖にとって、皆無は複雑な存在である。王を目指す璃々栖にとり、皆無は祖国復興のための最大の兵器である。と同時に、少女のような気分が抜けきらない璃々栖にとって、皆無は寓話（メルヒエン）に出てくる白馬の王子様のような存在でもあるのだ。

実を言うと、璃々栖は少し、怖い。いざ皆無に想いを告げたそのときに、皆無の反応がこちらの予想よりも淡泊なものだったら？　皆無が、こちらが望んでいるほどにはこちらのことを愛していなかったとしたら？　そう思うと、怖くて堪らない。

皆無の周りには、女の影が多い。皆無の部下の伊ノ上（いのうえ）少尉、壱文字（いちもんじ）家の若き当主となった壱文字大尉、愛蘭（アキラム）師匠こと大魔王・鐘是不々（ベルゼブブ）、玉（たま）の輿（こし）を狙う無数の第七旅団女性隊員たち。

そして、

（皆無が寝言で名を呼ぶ幼馴染(おさななじみ)、故・真里亜(マリア)……）

皆無を風呂に連れ込んで自身を洗わせていたあのころとは違い、皆無のことが大事になり過ぎたが故に、すっかり臆病になってしまった璃々栖である。サキュバス魔術の数々で皆無を強引に押し倒し篭絡(ろうらく)せしめよ、という聖霊(セアル)の作戦など以(もっ)ての外(ほか)なのだ。

「しょうがない娘ですね、まったく……」

同刻／同地／悪魔君主・聖霊(セアル)

「しょうがない娘ですね、まったく……」目の前でしゅんとなっている主(あるじ)にして愛娘(まなむすめ)・璃々栖を見やりながら、聖霊(セアル)は内心で溜息をつく。

なるほど主・璃々栖は、口では『自分は皆無に大印章(グランドシジル)を質として取られているから、皆無の願いを無下にできないのだ』などと小難しい理屈を述べている。が、皆無の泣きそうな顔を見ていたときの主の目を見ていれば、真意は一目瞭然である。

要は、主は皆無のことが可愛(かわい)くて可愛くて、好きで好きで堪らないのだ。皆無の願うことならば、何だって叶(かな)えてやりたいと思っているのだ。

主は齢(よわい)十六にしては、王としての自覚を十分以上に持っている。が、所詮は十六。

（とはいえ、皆無に臍(へそ)を曲げられたら主が危機に瀕(ひん)するのもまた事実）

だが聖霊(セアル)としては最低限、主に問(と)い質(ただ)しておきたいことがある。

「陛下、恐れながらお伺いします。――陛下の目的は、何ですか？」


「祖国復興と、報復」


刹那、部屋の空気がぞわりと冷える。

聖霊(セアル)は思わず微笑む。やはり主は、主だ。自分如(ごと)きの心配など端(はな)から不要だったのだ！

「一つ、毘比白(ベヒヰモス)めの軍勢を予(よ)の祖国から退ける。

二つ、新生阿栖魔台(アスモデウス)王国建国を高らかに宣言する。

三つ、富国強兵を成す。

四つ、毘比白(ベヒヰモス)めの居城を攻め落とし――」

主が、赤ん坊のころから見守り続けてきた娘が、可愛い可愛い璃々栖が壮絶な笑みを浮かべている。炎のような真っ赤な瞳が、爛々(らんらん)と燃え盛っている。深い深い怒りと憎しみで、煮えたぎっている。

「五つ、彼奴(きゃつ)をこの手で、この腕で縊(くび)り殺し、彼奴の腹を裂いてエーテル核を引きずり出し、喰らう」

「お見事でございます」聖霊(セアル)は首(こうべ)を垂れる。「その御決意(おけつい)が不断のものであるのなら、この直臣に否(いな)やはございません」

「まァ、目下の目標は阿栖魔台(アスモデウス)移動城塞を動かすことなんじゃがのぅ」主の空気が、一転して涼やかになる。「皆無の奴(やつ)め、何も沙不啼(サブナッケ)の爺(じじ)ぃを粉々にすることもなかろうに。まァ、予の麗しき肌を自分以外に見られるのが、よほど嫌だったのじゃろうなァ」

そう言って頰(ほお)を染め、何やらくねくねしはじめる主。あまりの緊張感のなさに溜息をつきたくなる聖霊(セアル)だが、どれほど絶望的な状況でも笑い飛ばすのが主の処世術だと聖霊(セアル)は知っている。

「じゃから今日から早速魔界に旅立って、沙不啼(サブナッケ)の大印章(グランドシジル)を受け継いだ後継者を探す算段だったわけじゃが」

阿栖魔台(アスモデウス)移動城塞は、『築城及び魔導具製造』特化の能力を持つ沙不啼(サブナッケ)の大印章(グランドシジル)によって、稼働していた。その沙不啼(サブナッケ)を皆無が殺してしまってから今日に至るまで、城やその付属物である人形や浮遊艦艇は神戸海上で沈黙を保ち続けている。これらを動かせるようにならなければ、主が祖国から毘比白(ベヒキモス)の軍勢を追い出すことも、毘比白(ベヒキモス)の居城に攻め込むこともできないのだ。

　悪魔大印章(グランドシジル・オブ・デビル)というのは、子々孫々に代々受け継がれていくものである。

　あの、毘比白(ベヒモス)との壮絶な戦いのあと、沙不啼(サブナッケ)の工房を検(あらた)めた聖霊(セアル)たちであったが、沙不啼(サブナッケ)のエーテル核は見つからなかった。天に昇っていったのか、はたまた宙に溶けてしまったのか。

　大印章(グランドシジル)が封じられていたエーテル核が、消失してしまった。そうなった場合、悪魔大印章(グランドシジル・オブ・デビル)は大印章(グランドシジル)の前所有者が『最も適任』と思っていた相手へと、自動的に引き継がれる。不思議な話だが、そういう仕組みに世界がなっているのだから仕方がない。

　所羅門七十二柱(ソロモンズデビル)や七大魔王(セブンスサタン)のように魔導書(グリモワール)に記され、人々の悪魔信仰心(アストラル)を集めるような大家の場合、そうなる。そうなるからこそ代々の当主によって脈々とエーテルを注ぎ込まれ、大印章(グランドシジル)と呼ばれるに足る力を有するようになるのだ。

　だから、皆無が殺した沙不啼(サブナッケ)の、息子か孫か曾孫(ひまご)か……いずれかの子孫に、沙不啼(サブナッケ)家の大印章(グランドシジル)が発現しているはずなのだ。それを見つけ出し、配下に加える必要がある。

「一週間か一ヵ月か、そのくらいの足踏みなら父と祖国も許して呉(く)れるであろうよ。それに、日本に恩を売ることで、日本の魔導技師を融通してもらうことも可能やもしれぬ」

「なるほど、それは妙案です」

沙不啼の後継者を見つけ出す以外に道はない——そのように視野が狭まっていた聖霊にとって、主の意見は青天の霹靂であった。ぱっと目の前が開けるような感覚。

『十二聖人』の中には、皆無の愛銃である『村田自動小銃』の設計・開発技師がいるらしい。術式と機械の両方に詳しい者ならば、あるいは城の動かし方も分かるかもしれない。わざわざ魔界に乗り込んで、何処にいるやも知れぬ沙不啼の後継者を探すよりも、案外こちらの方が近道かもしれない。

「じゃから予も、『日本を助けたい』という皆無の願いに否やはない」

「はい。とはいえ、当の日本がその提案を受け容れるでしょうか？」

なるほど、皆無や主、そして己が操る大魔術の数々を使えば、日本は必ずや隣国に勝てるであろう。

己の【長距離瞬間移動】は兵站・輸送の概念を破壊できるし、何なら日本陸軍の一個師団をサンクトペテルブルクに転移せしめ、冬宮殿を包囲することをすら可能とさせる。

皆無がひとたび【第七地獄火炎】を放てば、何千、何万もの敵将兵が苦しむ間もなく灰燼に帰す。銃砲は溶け、要塞は更地に戻る。軍艦とてひとたまりもないだろう。

さらには、主と皆無が合一したときに使える魔王級魔術。初級・中級・上級・地獄級のさらに上。主の大印章が放つ魔王級精神汚染魔術は大都市をもいっぺんに覆い、そこに住まう民全員を洗脳することすら可能なのだ。

　だが、それをやって良いか、という問題がある。

「そこなんじゃよなァ」

　主が天を仰ぐ。やはり同じことで悩んでいるらしい。

　と、そのとき、

「買(こ)うてきたで！」

　皆無がばぁんと扉を開き、戻ってきた。

「早いな⁉　では、予は風呂に入ってくる。……ん？　何故(なぜ)についてくるのじゃ、皆無？」

「え？　風呂やろ？」

「聖霊(セアル)に洗わせるに決まっておろうが！　この助兵衛(すけべえ)小僧め！」

「ぎゃっ⁉」主の回し蹴りを顔面に喰(く)らった皆無が、「そんなん騙(だま)し討(う)ちや！　鬼！　悪魔！　メフィストフェレス！」

「あはァッ。知らなんだのか？　予は魔王であるぞ」嗤(わら)いながら、主がテーブルの上の紙片に何事かを書き付けて、「皆無や、これを桂(かつら)首相閣下に渡してきて給(たも)れ」

❖　❖　❖

同日、夕刻／皇居・御前会議／皆無

皆無は瞠目している。何しろ目の前に、明治聖帝、首相、陸軍大臣、海軍大臣という錚々たる顔触れが並んでいるのである。

朝、東京に【瞬間移動】して璃々栖からの手紙を内閣府に渡したかと思ったら、夕刻にはこの会議。璃々栖が持つ影響力の大きさに、震える皆無である。

毛の長い絨毯が敷き詰められた十数畳ほどの洋間には大きなテーブルが設置されており、真っ赤なテーブルクロスが掛けられている。

テーブルの最奥に座するのが、明治聖帝。観艦式の折に遠目から拝したことはあった。が、こうして面会するのは初めてのことである。生来の癖で、常時耳目に展開している索敵・分析術式【文殊慧眼】で明治聖帝のことを撫ぜてしまった皆無であるが、武力やエーテル総量とはまた違う、曰く言い難いオーラのようなものを感じた。

この国を背負う人物が、現人神が、『日本』が今、目の前にいるのだ。

明治聖帝を守るかのように、首相と大臣が左右を囲む。

一方こちらは、皆無と璃々栖の二人。聖霊は阿栖魔台移動城塞で留守番である。

「阿栖魔台王国国王、璃々栖・弩・羅・阿栖魔台である」瀟洒な赤のドレスに着替えた璃々栖が、完璧な姿勢でカーテシーを一つ。「此度は急な提案にもかかわらず時間を頂けたこと、誠に感謝する」

軍服姿の皆無は、慌てて屋内敬礼を送る。

「大日本帝国天皇、睦仁である」明治聖帝が笑みを湛える。「よく来てくれた、悪魔の国の王よ。有意義な時間になることを望む」

会議が、始まる。

この国を動かす、重大な会議が。

❖　❖　❖

「露西亜帝国との国力差、軍事力差は実に十倍以上」桂首相が概要を述べる。「数十万もの軍勢が、シベリア鉄道を使って満州の奉天に集結しつつあります。露西亜は我が国からの提案——満韓交換論を一蹴し、朝鮮半島の分割及び北半分の露西亜支配を認めよ、との提案を突き付けてきました」

（それは遠からず、朝鮮半島全土が露西亜化するということや）皆無は極東の地図を思い浮かべる。（釜山と対馬は目と鼻の先。露西亜海軍からの圧力は、旅順の軍港化を完了さ

せた今現在の比ではなくなってまう）

そうなれば、やがて日本近海を露西亜艦艇が闊歩（かっぽ）するのが常態化し、気が付けば日本は制海権を失っていることだろう。つまり、日本が国家として死ぬ、ということだ。

そうならないために、日本は大韓帝国に独立を維持していてもらいたい。日露間の防波堤として生きていてもらいたいのである。だが、露西亜がそれを『否や』と言う。露西亜によって借金漬けにされた大韓帝国は、露西亜の提案を拒まない。

だから、日露が朝鮮・満州の陸と海で雌雄を決する。これは、そういう戦争なのである。民族とか宗教とか歴史とか、そういう感情的な事情が一切入り込む余地のない、純粋に地政学的な理由から生じる、最も暴力的な『外交』。

「現在、仁川（じんせん）から上陸した第十二師団が鴨緑江（おうりょくこう）に向け北進中」陸軍大臣が説明を引き継ぐ。「鴨緑江の北側はもちろん、南側にも、露西亜の大軍が塹壕（ざんごう）と堡塁（ほうるい）を築いて待ち構えていることが偵察により判明しております。熾烈（しれつ）な戦闘が予想されます。鴨緑江を如何（いか）に少ない損害で渡河できるかが、陸戦の要となります」

「海軍はァ」と、海軍大臣が引き継ぐ。彼は強い薩摩訛（さつまなま）りで、「第二・第三艦隊を以てェ仁川までの制海権を維持しつつ、第一軍本体を続々と輸送しちょります。また、第一艦隊を以て旅順港を封鎖しちゅうところでごわす。人的損害は少なからず出ちょりますが、艦艇は未だ一隻も失われておりもはん」

「…………っ！」皆無は胸に痛みを感じる。

損害。

人的損害。

既に、戦死者が出ているのだ。

それを成せるだけの力が、己にはあるのだ。

「へ、陛下！」堪らず皆無は叫ぶ。「陛下の大切な赤子を無用な危険に晒すことなどありません！　わたくしが満州平野ごと、敵の軍勢を薙ぎ払って御覧に入れましょう！」

なるほど己は既に阿栖魔台王国民であり、この身に流れる血の半分は阿栖魔台先王のものである。だが、日本人として生まれ、毎日米を喰わせてもらい、教育を施してもらい、軍人として働かせてもらい、給金を受け取ってきた恩が、皆無にはある。日本人としての矜持が、皆無にはあるのだ。

同じ日本人が死につつあり、それを止める力が自分にはある。それを振るわぬ理由など、何処にあるというのか。

「皆無、黙るのじゃ」

だが、璃々栖がそれを制止する。璃々栖の声は非道く冷たい。皆無は納得できない。

「陛下、何卒わたくしに出撃命令を――」

「黙れ皆無！」


「――それで」


沈黙を保っていた明治聖帝が、口を開いた。すぅっと、周囲の空気が冷える。

「予と予の臣民に、阿栖魔台王国の軍門に下れと、そなたはそう言っておるのか？」

「なっ⁉」

「阿ノ玖多羅皆無・陸軍名誉元帥」明治聖帝が、皆無がつい先日拝命したばかりの階級で皆無を呼ぶ。「そう、名誉元帥よ。そなたはもう、阿栖魔台殿の臣民。他国の軍事力に無償で守られるは、庇護下に入るに等しい。つまり、属国だな」

「そ、そのようなつもりは」

「世界がそうは見て呉れぬよ」

「ですが、死ななくてもよい国民をわざわざ死地に送り込むなんて――ぎゃっ⁉」

璃々栖にげんこつを落とされて、皆無は沈む。

「いい加減黙るのじゃ、皆無！」皆無を叱りつけた璃々栖が一転、明治聖帝に対して深く首(こうべ)を垂れて、「大変失礼した」

「若いな」明治聖帝が慈愛に満ちた微笑を見せる。「気持ちは予も同じだ。だが世界——列強のルールは違う」

「仰(おっしゃ)るとおりじゃな」璃々栖がうなずく。

璃々栖は過度に遜(へりくだ)らないように注意しつつ、敬語を織り交ぜて喋(しゃべ)っている様子である。自身が『王』、相手が『天皇』だからだろうか。皆無にはまだ、そこら辺の機微が分からない。

「悪魔世界でもそうじゃが、帝国主義というのは力が全て。なるほど皆無が戦場に出れば、敵が何万何十万いようとも地獄の業火で一発じゃろう。じゃがそんなことをすれば、日本は世界から非難され、爪弾(つまはじ)きにされてしまう。誰も、日本を国と認めて呉れなくなる」

そう。斯(か)く言う日本自身が、大韓帝国の意向を無視して同国の行く末について露西亜と勝手に協議しているように。独立独歩を為(な)せない国は、自国の軍事力で国土と国民と財産を保全できない国は、列強各国から国扱いされないのだ。それが現在のルール。

「でも、せやったら俺が世界中を相手にしたる！」

だが、皆無は『自分なら助けられるのに助けない』というのが耐えられない。日本将兵を見殺しにしている、という罪悪感に耐え得るだけの胆力がないのだ。

「はぁ～……それで、物理界(アッシャー)を支配する世界大魔王アノクタラカイナが誕生するというわけか？　そうなれば早晩、他の七大魔王(セブンスサタン)たちが出てくる。物理界(アッシャー)に無関心な魔王も多いが、中には強い関心を示す者もおる。表と裏の全ての海を支配していると言われる嫉妬の霊毘阿坦(リヴァイアサン)などは、英国の中枢に深く根を張っていると聞く」

「英国!?」桂首相が目を剝(む)く。「せっかく日英同盟が成ったというのに、英国の機嫌を損ねるようなことになってしまえば、日本は破滅します！　霊毘阿坦(リヴァイアサン)というのは寡聞にして存じ上げませんが、英国が世界の海と電信(テレグラフ)と為替の全てを掌握しているのは周知の事実。英国を敵に回してしまっては、情報戦で勝つことはもちろん、将兵・弾薬・兵糧の輸送もままならず、そもそも武器弾薬を買うための戦費を集めることすらできなくなる！」

「つまり、人間世界の戦争は人間の手で解決せねばならぬ、ということじゃな。――じゃが」璃々栖がニヤリと嗤(わら)う。「抜け道もある」

「「「……抜け道？」」」

皆無と首相と陸海相が、首を傾(かし)げる。明治聖帝だけが、静かに微笑んでいる。

三日後、日中／朝鮮半島北部・鴨緑江南の主戦場／皆無

最前線にて。日露両軍の将兵の死体で足の踏み場もない戦場を、認識阻害魔術で自身たちを覆い隠した皆無と璃々栖が歩いている。辺りではひっきりなしに榴弾(りゅうだん)が地面を掘り返し、死体を吹き飛ばしている。

皆無は気が気でなく、今にも嘔吐(おうと)しそうになっている。

他方、璃々栖は飄々(ひょうひょう)とした様子だ。が、目に付いた日本将兵の遺品をこっそりと【収納空間(アキテムボックス)】に収納しているあたりが、実に璃々栖らしい。後で遺族に返してやるつもりなのだろう。皆無に内緒でやっているつもりのようだが、地獄級魔術【万物解析(アナラキズ)】をも超える究極の索敵・解析術式【三千世界(ブッダ・セッタラ)】を使いこなす皆無にはお見通しである。

「この辺りが良さそうじゃな」

璃々栖が示したのは、小一時間ほど前に日本軍が奪ったばかりの高地。眼下では日本軍による壮絶な追撃戦が行われている。

「あいよ。――【収納空間(アキテムボックス)】」

ボコッと地面の土が消えた。亜空間に収納されたのだ。さらに、

「【収納空間（アイテムボックス）】、【念力（テレキネシス）】、【収納空間（アイテムボックス）】、【火炎壁（ファイアウォール）】」

皆無が魔術を使う度に、大地が整地され、魔術の圧力で踏み固められ、虚空から現出したコンクリート（ベトン）が流し込まれ、あっという間に立派な土台が出来上がる。

そして、

「仕上げのぉ――【収納空間（アイテムボックス）】！」

その上に載せられたのは、あまりにも巨大な――

❖　❖　❖

その翌日／鴨緑江南の主戦場／とある露西亜野戦将校

「鋼鉄の、城⁉」

伝令兵からの報告に、その露西亜（ロシア）将校は目を剝いた。

「はい！　日本軍に奪われた高地に、日本有利な形で、忽然（こつぜん）と現れたのです！」

すぐさま馬で現場に向かう露西亜将校。双眼鏡で見てみれば、日本軍に昨日奪われたばかりの高地の光景が一変していた。鋼鉄製の建物が幾つも立っており、建物同士がご丁寧に鋼鉄の壁で連絡されている。建物の屋根に掲げられている旗は、

「赤十字……？　な、な、な、何だあれは⁉」

「わ、分かりません」隣の伝令兵は青い顔をするばかり。「昨夜、日本軍による執拗な追撃からようやく脱したと思い、振り返ったら、もうあったのです」

「そんな莫迦な話があるか！　こんな神業――」

神業。あるいは悪魔の所業。

『日本が悪魔を飼っているらしい』というのは、もはや露西亜の貴族社会においては周知の事実であった。露西亜における将校とは、ほぼ全員が貴族である。

「抗議に行くぞ！」

❖　❖　❖

露西亜将校と伝令は下馬し、白旗を掲げながら最前線へ向かう。古民家の立ち並ぶ戦場では、大通りを挟んで露日両軍が睨み合っている。至る所でひっきりなしに銃弾が飛び交い、榴弾が石垣を吹き飛ばし、地面を掘り起こしている。その露西亜将校は伝令に白旗を掲げさせながら、堂々と大通りへ侵入する。

「てーッ！」石垣に身を隠しながら射撃指揮を執っていた日本側の将校が慌てて、「いや待て、撃ち方止めーッ！」

途端、戦場が静かになる。露日双方とも白旗の存在に気付き、一時的に戦闘が停止する。戦場を知らない者が見たら首を傾げるような光景かもしれないが、きちんと教育を受けた軍人からすると、当然の光景である。

白旗を掲げた者は『軍使』という扱いになり、これを攻撃することはハーグ陸戦条約において禁じられている。条約を順守できないような国は国として認められず、列強各国から植民地の如き扱いを受けることになる。だから各国は、条約に対して従順なのだ。

「何用か？」露西亜将校を最前線から数ブロック離れた古民家に招き入れた日本側の野戦将校が、英語で尋ねてくる。「死体収容にはまだ早い。そちらの病院に向けても撃ってないないぞ？」

会談の間にも榴弾が辺りに降り注ぎ、民家の壁が崩れて破片が体に降りかかるが、露日両軍の将校は顔色一つ変えない。双方ともに名誉ある軍人なのだ。

「その、病院のことだ」露西亜将校が仏蘭西語で応答する。露西亜貴族はおしなべて仏蘭西語が堪能である。「あの鋼鉄の『病院』はいったい何だ⁉」

「あー……」日本将校が天を仰ぎ、「我が軍は何も知らない。気になるなら、見に行ってみればよい」

❖　❖　❖

会談を終えた露西亜将校が、伝令とともに敵地のど真ん中を歩く。そこら中を走り回っている日本兵たちが露西亜の軍服を見てぎょっとするが、白旗を見てすぐに納得した顔で持ち場に戻っていく。

一兵卒に至るまで教育が行き届いている様子に、露西亜将校は内心、舌を巻く。

「罠(わな)では？」隣の伝令兵が青い顔をして尋ねてくる。

「たとえ罠でも、あんな異常、放置できるか！　上に何と報告すればよいのだ」

やがて村落地帯を抜け、件(くだん)の高地に至る。今や露西亜将校の目の前には、見上げるほどの鋼鉄の壁が立ち塞がっている。

「この城の主(あるじ)と話がしたい！」

露西亜将校が声を張り上げると、ギギギギ……と鋼鉄の扉が開く。

中から現れたのは、やけに裾の短いナース服を着た、金髪赤眼で片腕がない少女。その少女が悪魔的に微笑んで、

「よ・う・こ・そ、璃々栖病院へ」

「璃々栖――やはり！」日本が飼っていると噂の悪魔の名が出てきて、露西亜将校は激昂する。「貴様、人間の戦場で、何のつもりだ!?」

「ご覧のとおり、ここはただの病院じゃァ」悪魔と噂されている少女が無遠慮に近づいてきて、露西亜将校の頰に触れる。「お、そなた怪我をしておるな？　ささ、こっちじゃ」

言われてみれば、頰に触れた軍手に血がついている。先ほど、会談中に壁の破片が当ったときに切ったのだろうか。この程度の傷は日常茶飯事、気にするほどのものでもないが、城壁の中を見せて呉れるというのは好都合。

城壁の中は、清潔な病棟になっていた。一夜にしてこのような建屋を建造できるなど、人間社会を莫迦にしているとしか思えない。

「あっ」露西亜将校は居並ぶベッドの一角に駆け寄る。「お前たちは行方不明になっていた第三大隊第一中隊か!?」

露西亜軍の一個中隊数百人がまるまる、広大で清潔な病室に収容されて、日本人女性たちによる丁寧な治療を受けている。

同じ病室には日本将兵も多数寝かされている。ジュネーブ条約に基づいた『赤十字』の旗に嘘偽りはなく、露日両軍の将兵を分け隔てなく治療している様子だ。

「ほれ、そなたはこっちじゃ」

　悪魔の少女に招かれるまま、奥の治療室に入る露西亜将校と伝令。頰を清めてもらい、消毒してもらい、軟膏(なんこう)を塗ってもらい、絆創膏(ばんそうこう)を貼ってもらった露西亜将校は、頭をひねりながらも、第一中隊を引き連れて病院から去ることにした。

『人道回廊』という看板が掲げられた帰り道は光の壁によって守られていて、榴弾の直撃をも弾(はじ)いていた。

その翌日、夕刻／鴨緑江(おうりょくこう)南の主戦場／同じ露西亜野戦将校

「たたた、大変です！」

「今度はどうした！」

「城が、前進しております！　先ほど日本軍に獲られた高地まで！」

「城が、前進んんん⁉　――悪魔めッ‼」

その小一時間後／璃々栖病院応接室／皆無

露西亜将校の猛抗議を笑って受け流す璃々栖。

その様子を見やりながら、皆無は露西亜将校とその部下に茶と菓子を出す。さっと【三千世界(ブッダ・セッタラ)】で調べたところ、伝令が腕に打撲傷を負っていたので、軟膏のメンソレータムを渡してやった。

「この辺が引き時かのぅ」

露西亜将校を見送った後、璃々栖が呟(つぶや)いた。すると、

「そのようですね」隣の部屋に隠れていた日本の参謀将校が、入ってきた。「ですが、陛下が前線の注意を惹(ひ)きつけてくださったおかげで、我が第一軍は鴨緑江の渡河に成功する見込みです」

❖　❖　❖

その夜／鴨緑江／第一軍の将軍

「進め！　進め！　速やかに渡河を完了させるのだ！」

大日本帝国陸軍第一軍を任されている将軍が、宵闇の中、声を張り上げる。

闇に紛れて、膨大な数の日本将兵たちが渡河していく。

渡河は兵が戦闘不能になる非常に危険な行為。それを全軍一気に終わらせるなど、普通に考えれば狂気の沙汰である。だが寡兵を渡らせていたのでは、対岸で待ち受ける露西亜軍に各個撃破されてしまって渡河作戦そのものが失敗する。

「鋼鉄の一夜城とは、恐れ入る。空も飛べ、姿も消せるなどとは、『偵察』の概念が崩れるな」

将軍の呟きに、副官が苦笑しながら同意する。

「それどころか、【瞬間移動(テレポート)】を使えば『行軍』と『兵站(へいたん)』すら必要ありません。敵将黒鳩金(クロパトキン)の根城たる満州の奉天をまるっと全軍で取り囲み、包囲殲滅(せんめつ)することすら可能ですよ」

「ないものねだりだがな。兎(と)に角(かく)、阿栖魔台(アスモデウス)陛下がジュネーブ条約の名のもとでできる極限までご助力くださったのだ。この戦、何としても勝つぞ！」

こうして、鴨緑江会戦は日本軍の大勝利で終わった。

❖　❖　❖

翌十一月三十日、朝／神戸異人館街・真里亜の屋敷／皆無

「このままでは、日本は負ける」

　蠅蜜の曰く言い難い臭いに包まれた応接室で、皆無の偽りの師匠・愛蘭――毘比白によって『暴食』の席から追い落とされた元大魔王・鐘是不々が告げた。

「「ええええええッ!?」」

　皆無と璃々栖は仰天する。緒戦を大成功に導いたので、この戦の行く末を愛蘭に占ってもらいにきたのだ。

　いくら毘比白にヱーテルのほとんどを喰い散らかされたとはいえ、愛蘭は歴戦の大魔王。歴史ある魔王が有する『過去・現在・未来を見通す力』は折り紙付きである。

「何で!?」「何故じゃ!?」

「来る来月十日、旅順港内で保全されている露西亜の旅順艦隊が、日本の連合艦隊による封鎖から脱出し、浦塩に戻ろうとする。日本はそれを追いかけるが、最後には逃がしてしまう……という未来予知が出た。後に『黄海海戦』と呼ばれる大海戦。日露戦役の岐路となる戦さね。さて、この意味が分かるさね？」

「日本の、制海権の喪失……」

「今ですら、浦塩(ウラジオストク)艦隊に東京湾を脅かされたり、通商破壊をされて散々じゃというのに」

倍以上の戦力になった浦塩(ウラジオストク)艦隊が日本・朝鮮半島近海で暴れ回るようになれば、日韓を結ぶ補給路は断たれ、日本陸軍はあっという間に干上がる。どれだけ将兵を鍛え、砲弾や銃弾を買い集めても、それを半島に届ける前に沈められては、意味がないのだ。

同日、午前／皇居・御前会議／皆無

「その予言は、陛下が？」

「残念ながら」桂首相の問いかけに、璃々栖が首を振る。「予(よ)にはまだそこまでの予知能力はない。さる高貴なお方から、とだけ」

「というわけなのじゃが」

桂首相が難しい顔をしている。末席に座りながら、皆無は少し不安になる。

愛蘭(アキラム)は、毘比白(ベヒモス)から姿を隠している。人の口に戸を立てられない以上、日本に対しては愛蘭(アキラム)のことは秘密にし続けるしかない。御前を取り囲む面々の中に、情報源を明かさぬことに対する不信の色を示す者がちらほらと出始めた、

――そのとき。

「今さら疑う余地などあるまいよ」

明治聖帝の声が会議場を貫いた。途端、場の空気が和らぐ。皆無はほっとする。

「感謝する」璃々栖が目礼する。「じゃが、予もほとほと困ってしもうてのぅ。陸でなら兎も角、海上では……まさか病院船に三〇・五サンチ連装砲を備え付けて、『赤十字じゃァ！』とやるわけにもいかぬし」

「貴重な予言をもらえただけでも感謝である」明治聖帝が微笑む。「そのお方にも是非、そう伝えて呉れ」

「じゃっどん、どうなすっと？」海軍大臣が薩摩訛りで言う。「もはや艦艇には一隻の余裕もありもはん。旅順閉塞作戦のために、貨物船すら徴発しちゅう状況どす」

「確か」と桂首相。「買い付け交渉の最中ではありませんでしたか？　そう、亜爾然丁から」

「今から回航しちょっては、とてもとても」

「でしたら！」自身が活躍できそうな話になったので、皆無は慌てて立ち上がる。「わたくしがちょちょいと【瞬間移動】で――ぎゃっ!?」

「じゃーかーらっ」皆無にげんこつを落とした璃々栖が、「そういうあからさまなのは国際法に触れる、と何度言えば分かるのじゃ！」

「「「「うーん……」」」」行き詰まる一同。

皆無は頭を撫(な)でさすっていたが、やがて、

「あっ、せや！」思いついた。「阿栖魔台城(アスモデウス)の中に船、なかったっけ？」

「ん？　おお、言われてみれば海に浮かぶタイプの旧式艦艇が十数隻あったな。うち、特に旧式のものは——動力こそエーテルじゃが——見た目はこの国の巡洋艦と変わりない」

「「おおおおッ!?」」桂首相と海軍大臣が立ち上がる。

「妙案でごわす！　巡洋艦がもう数隻もあれば、戦況は覆せっと！」

「実際、建造中の巡洋艦が数隻ございますし、進捗などは軍事機密ですからな！」

「じゃがのぅ、あれらの船はいずれも阿栖魔台移動城塞(アスモデウス)の付属品。移動城塞自体が動かぬのでは、動かすことができぬのじゃ」

「「嗚呼(ああ)……」」首相と海軍大臣が座りなおす。

「差し支えなければ」陸軍大臣が言う。「我が軍随一の技師をお貸しいたしますぞ」

同日、真昼／阿栖魔台移動城塞・機関室／皆無

　こうして図らずも、璃々栖が話していた『日本に恩を売って技師を貸してもらおう』作戦が成功することとなった。そうして派遣されてきたのが、

「ふぉっふぉっふぉっ、これが噂に聞く移動城塞の内側ですかのぉ」

　如何にも好々爺といった様子の、軍服姿の初老の男性。

　璃々栖が首を傾げて、

「こやつが日本随一のヱンジニア？　ただの爺ぃではないか――ぎゃっ⁉」

「璃々栖！」珍しく、皆無が璃々栖の頭を叩く。「『十二聖人』の村田少将閣下やで⁉」

　皆無は虚空から色紙と鉛筆を取り出し、少しもじもじしてから、

「あ、あのっ、閣下！　閣下が設計なさった村田銃には何度も何度も命を救っていただきました！　よければサインしてください！」

「ふぉっふぉっふぉっ、十三番目にして随一の聖人にそうまで言われるとは、むずがゆい。だが……」

　村田少将が、薄っすらとヱーテルの載った瞳で機関室をぐるりと舐める。

【文殊慧眼】で文殊菩薩から叡智の数々を引き出してきたこの御仁は、【文殊慧眼】の使い過ぎで、【文殊慧眼】を停止させることができなくなってしまったのだそうだ。そのこ

とを『儂(わし)は不器用な男だから』と笑う少将だが、

(閣下が不器用やったら、世界中の人間は全員不器用やで！)

村田少将を――というより少将が設計した村田銃を――崇拝している皆無は、少将の横顔を恋する少年のような目で見つめる。

「パンチカード式の命令文(プログラム)がそこかしこに埋め込まれておるのは分かるのじゃが」制御盤の蓋を開けるまでもなく、触れただけで中身を把握する少将。「沙不啼(サブナツケ)式、と言ったか？　解析(リバースエンジニアリング)防止のために独自言語が使われておって、しかも何重にも暗号化されておる。残念じゃが、儂にはとても読み解けぬのぅ」

「使えぬ御仁じゃのぅ……ぎゃっ⁉」

「璃々栖！」

「王に手を上げるとは何事じゃ！　こうなってしまってはもう、最後の手段じゃ」

「どないするん？」

「魔界に乗り込んで、次代の沙不啼(サブナツケ)を探し出すしかあるまい」璃々栖が笑う。「当初の目的に戻ってきた形じゃのぅ。一週間ほど寄り道してしもぅたが、ま、良い休暇であった」

❖　❖　❖

同日、午後／皆無の自室／皆無

「陛下、皆無、これを」

身支度をしていると、聖霊(セアル)がペンダントを渡してきた。聖霊(セアル)の髪によく似た白銀色の綺(き)麗(れい)な宝石。

「「これは？」」皆無と璃々栖が揃(そろ)って首を傾げると、

「私です」

「「は？」」

「【変化(トランスフォーム)】の魔術で私の一部を切り離し、造形したものです。お二人のエーテル反応が急変した場合に、お二人の位置情報が私に伝わるようになっています」

今回の旅では、聖霊(セアル)は留守番である。阿栖魔台城(アスモデウス)を長期間空けるわけにはいかないからだ。

「これが作動したときには、私のエーテル残量云々(うんぬん)を度外視して即座に駆けつけますので、そのつもりで」

聖霊(セアル)のエーテル総量は、生来少ない。聖霊(セアル)の【長距離瞬間移動(グランドテレポート)】を使えば璃々栖の王国——物理界(アッシャー)で言うところの仏蘭西(フランス)相当地域——まで転移することが可能だが、それをやると聖霊は消滅寸前にまで消耗してしまう。だから、今回の旅は魔界鉄道で行くのだ。

「相変わらず過保護な奴じゃのぅ、そなたは」ペンダントを皆無に着けてもらいながら、璃々栖が溜息をつく。「くれぐれも、エーテル切れで消滅するでないぞ？」

「陛下に崩御されるよりはよほどマシです」

「むぅ」

などとやりながら荷造りをしていると、

「聞いたわよォ～ん」


野太く、そして何やらねっとりとした声がドアの向こうから響いてきた。ドアが開く。

――筋肉。

筋肉が、部屋に入ってきた。身長二メートル数十サンチ。豚鬼や悪鬼もはだしで逃げ出す筋肉ダルマ。張り裂けんばかりの筋肉の上に肋骨服が張り付いているのだが、肋骨紐が胸筋の形で歪んでいる。

頭頂部以外を狩り上げた髪は七色に染め上げられていて、まるで求愛行動中のクジャクのオスを思わせる。野武士のような厳い顔の、唇には朱が差してある。日本人離れした大きな目には、西洋から輸入されたハヰカラな化粧法である『アヰシャドー』が為されているのだが、それが血のように赤いものだから、まるで歌舞伎役者の隈取のようである。変人揃いで有名な『十二聖人』の伊の一番。悪魔祓師集団である第七旅団の首領・オカマの神威中将その人である。

「や～ん、皆無ちゃん名誉元帥閣下ってば今日も可愛いわねェ～ん」

そんな神威中将が、皆無に口付けできそうなほど顔を寄せて、くねくねしている。

「ひぅっ……」皆無は壁の端まで後退する。

皆無は、神威中将のことが苦手だ。

その常軌を逸した見た目や言動も苦手なのだが、もっと純粋に、神威の武力が怖い。何しろ二週間ほど前のあの日、摩耶山天上寺への逃避行のさなかで、皆無自慢の最強防護結界【ディースの城壁】を真っ二つに斬り裂いた相手こそが、この神威中将なのである。

あの瞬間の恐怖は、今も忘れられない。中将に【ディースの城壁】を斬り裂かれたことで戦況は一変し、自分は敗北したのである。結果として、自分は今もこうして生きているが、あの戦いで死んでいてもおかしくなかったのだ。

「魔界に渡るんだってェ～ん？」中将が悪鬼羅刹のように微笑む。いや、中将自身は優しく微笑んでいるつもりなのかもしれないが。「護衛を付けるわよォん。アナタたちに何かあったら、日本は一巻の終わりなンだから」

「あー、神威殿」璃々栖が少し言いにくそうにしながら、「失礼を承知で言うが、予(よ)たち、かなり強いぞ？　護衛になれるような人材など、いないと思うのじゃが」

「だから、日本が用意できる最高の護衛を用意したわよォん」

「だ、誰ですか？　ダディは那須野(なすの)のことで忙しいみたいやし……」

そう、この場にダディこと皆無の父・阿ノ玖多羅正覚(しょうがく)がいないのには理由がある。

「そうねェ。正覚ちゃんはコックリさん騒動の方でまだまだ忙しそうよ」

日本国籍を失った父は当初、皆無たちの旅についてくる予定であった。が、その矢先に——皆無たちが朝鮮半島の戦場を右往左往しているそのころに——全国の女学院で異常が発生したのだ。『狐狗狸(こっくり)さん』という亜米利加(アメリカ)発祥の交霊術が大流行し、狐憑(きつねつ)きと思(おぼ)しき症状を発する女生徒たちが大量に発生した。と同時に、護国拾家(じっけ)最強であるはずの阿ノ玖多羅家が、力を失い始めた。

阿ノ玖多羅家は、全国の稲荷(いなり)信仰を介して集まる人々の信仰心(アストラル)と九尾狐(きゅうびこ)を結びつけることで強大な力を維持してきた家である。その、狐に対する信仰心(アストラル)がコックリさんに奪われ始めたのだ。それも、急速に。

先日見た父などは、人の姿を維持することもままならず、やせ細った狐と成り果てていた。皆無がエーテルを補充しておいたので、消える心配はないだろうが。

「ま、狐のことは狐に任せておきましょう。正覚ちゃんだって歴戦の退魔師なんですもの」

「でも、じゃあ誰が護衛として来てくれるんですか？　十二聖人の誰かとか？」

「そう。十二聖人の最高戦力――ア・タ・シ」

「「ええええええ!?」」驚く皆無・璃々栖と、

「失礼ですが」神威が闘うところを直接見たことがないため、懐疑的な顔をしている聖霊(セアル)。

「頼りにさせていただいてもよろしいので？」

「アラ心外。じゃあ、見てみる？」

❖　❖　❖

同日、夕刻／神戸外国人居留地東の公園／皆無

「十二聖人大集合！　璃々栖ちゃん陛下の護衛決定勝ち抜き戦、始まり始まりぃ～！」

突如として始まった、十二聖人たちによる仕合。

「「「「うぉぉぉぉおおおおッ！」」」」

神威中将の開催宣言に、第七旅団の悪魔祓師(エクソシスト)たちは大盛り上がりである。

（そりゃぁ）急遽設営された観客席に座り、団子をむしゃむしゃとやりながら、皆無は思う。（そうなるわなァ。十二聖人同士の戦いを見学できる機会なんて、そうそうないもん）

「頂上決戦だぜ⁉」「優勝者は皆無名誉元帥閣下と模擬戦できるらしいぞ！」「誰が勝つと思う？」「そりゃぶっちぎりで旅団長閣下だろ！」「ナタス中将かもしれねぇぞ⁉」

「まったく」『闘技場』として確保した広場に防護結界を張りながら、拾月大将が悪態をついている。「神威中将にも困ったものだ」

（文句言いながらも手伝うんやなァ、大将閣下）意外に思う皆無だったが、やがて、（あぁ、なるほど）

多数の民間人――特に異人――が野次馬として集まりつつあるのを見て、納得した。

「なるほどのぅ」隣の璃々栖が皆無の団子に勝手にかぶりつきながら、「これは――むしゃむしゃ――一種の『示威行為』というわけじゃな」

術師・退魔師が戦争に参加するのはウェストファリア条約によって禁止されている。が、退魔師によって意図的に一定の方向へ妖魔を追い立て、仮想敵国に送り込むといった活動は、列強各国にとっては伝統的な常套手段。この仕合は、そういった手段も意味を成さないぞ、という日本としての意思表示なのである。

「ふぅん、キミが噂の小悪魔クン？」

そのとき、皆無の背後から妙に色気のある声が聴こえてきた。振り返ろうとする皆無の動きを制するかのように、柔らかな腕が皆無の首に絡んでくる。

「けっこう可愛い顔してんのね。ま、千晶（ちあき）ほどじゃァないけれど」

「あ、貴女（あなた）は――」

美しい少女だった。修道服に身を包んだ異人。頭巾からこぼれる髪は金色。大きな胸が肩に当たってきて、皆無はどぎまぎする。右目に眼帯をしていて、左目の瞳は紅（あか）い。

「アタシ？　アタシは紅玉（カーネリアン）。十二聖人の一柱の片割れ、『弐面弐瞳』のカーネリアン」

「ちょっとお姉ちゃん！」

そのとき、カーネリアンと名乗る少女と同じ声色が聞こえてきた。

見れば、カーネリアンとまったく同じ顔をした修道女が立っている。ただし、こちらは左目に眼帯をしていて、右の瞳の色は黒だ。

「いきなり失礼でしょう。相手は名誉元帥閣下ですよ!?」

二人目の少女が皆無からカーネリアンを引き剝がそうとするのだが、カーネリアンが抵抗するものだから、もみくちゃになる。皆無は二人分の乳房に頭を挟まれる形になる。

（え、えへへ……）

「を～いをいをいをい皆無ぁ～」璃々栖の冷えた声。「予以外の乳で喜ぶでないぞ」

「わわわ、これは失礼を！」二人目の少女が飛び退く。勢いよく頭を下げながら、「私、コレの妹で黒玉っていいます。お姉ちゃんとセットで『十二聖人』やってます」

「——十二聖人」

皆無は呟く。見れば会場のそこかしこに、第七旅団最強集団と誉れ高い『十二聖人』の面々が佇んでいる。

仕合が始まるのだ。

一回戦目は、

「儂、非戦闘員なんじゃが……」

村田銃を構えながら白目を剝いている村田少将と、

「あ、あはは。胸をお借りします」

頭のてっぺんから爪先まで黒ずくめで、紫色のストールをマフラーのように巻いている長身の青年。得物は二丁の南部式自動拳銃である。

「千晶師匠！　頑張ってくださ～い！」

　皆無が手を振りながら声を掛けると、その青年――十二聖人の一柱、『弐丁拳銃』の捌岐千晶が手を振り返してきた。

「知り合いか？」璃々栖の問いに、

「うん！」皆無は元気よくうなずく。旧知に会えたことで、我知らず幼さが出ている。

「僕の――じゃなかった、俺の銃の師匠やねん。愛蘭師匠はニセモノやったけど、こっちはホンモノ！」

「ふぅん……」璃々栖が少し寂しそうな顔をする。

「ん？　何よ」

「いやぁ。当然の話じゃが、まだまだ予の知らぬそなたがたくさんおるんじゃなぁと思うてな」

　最初に動いたのは、村田少将の方だった。見事と言う外ない射撃術で千晶の頭部へ牽制弾を放ちながら、年齢を感じさせない軽やかさで走り始める。一歩、二歩、三歩と横方向へ足を運びながら、全弾を千晶の頭部へ撃ち込む。

（何て正確な射撃！　さすがは少将閣下！）皆無は我知らず微笑む。（けど、相手は千晶師匠やで!?）

　薬室の一発と弾倉の八発、計九発の銃弾は、千晶には命中しなかった。その全弾を、千晶が南部式の銃弾で弾(はじ)いたからである。

「「「「すげぇええええッ!?」」」」

銃弾を、銃弾で以(もっ)て弾く。異常という他ない曲芸に、会場が沸く。当然、弾かれた銃弾はあらぬ方向へすっ飛んでいくのだが、結界術式の天才である拾月大将の防護結界が行く手を阻むため、跳弾が観客に襲い掛かるような心配はない。

村田少将が年季の入った正確無比な動作で再装塡(そうてん)する。射撃戦が再開される。が、結果は同じ。同じ応酬がさらに数度繰り返されたが、

「ふぅっ、ふぅっ、このっ、年でっ、こんなにっ、走ることにっ、なるとは――あっ」

さすがに体力の限界がきてつまずいた村田少将を、慌てて駆け寄った千晶が抱き留めたところで、仕合終了となった。

「「「「わぁあああああッ！」」」」大盛り上がりの悪魔祓師(エクソシスト)たちと、

「「「「――――……」」」」呆然(ぼうぜん)自失といった様子の異人たち。

（ふふん）皆無は得意顔である。（神戸にも露探(スパイ)は潜んどるかもしれんけど、これだけのものを見せられたら、ちょっとはビビって呉(く)れるやろ）

この仕合が抑止力になって、隣国が朝鮮半島や北海道に妖魔を差し向けるような真似(まね)を控えて呉れれば、と皆無は願う。

❖　❖　❖

二回戦目は、

「ふぉ～っふぉっふぉっ……お菓子喰うかい？」

三太九郎を思わせる真っ白な髭の好々爺。いつもお菓子を配り歩いているミシェル翁と、

「食べないわよ！」

「ちょっとお姉ちゃん、敬語、敬語！」

件の双子、カーネリアンとオニキスである。

「仕合開始！」

神威中将の号令と同時、ミシェル翁がもたもたと拳銃を抜こうとするが、

「「【第七地獄火炎】ッ！」」

眼帯を外した双子が、手と手を取り合って高らかに詠唱した。眼帯の中に隠されていた虹色の瞳が凄まじいヱーテル光を放つと同時、地獄の業火がミシェル翁を襲う。

結界内が炎で満たされ、何も見えなくなる。

「うええぇッ⁉」皆無の隣で璃々栖が瞠目する。「人間如きが地獄級魔術を使うじゃと⁉」

「俺も実際に見るんは初めてやけど」得意になって皆無は微笑む。「あの双子は特別や。二人揃わんと魔術が使えへん代わりに、見てのとおり省略詠唱で地獄級魔術が使える」

「それ、悪魔化してない状態のそなたより強くないか？」白目の璃々栖と、

「まぁ、十二聖人言うたら日本陸軍の最高戦力みたいなもんやし」同じく白目の皆無。

結界内の炎が晴れたころ、丸焦げになってぶっ倒れたミシェル翁が出てきた。

「こ、降参じゃ……」ミシェル翁が煙と一緒に死に掛けのような声を絞り出す。

皆無の目から見ても、ミシェル翁は死に瀕しているように見える。全身が炭化しているのだ。皆無が腰を上げたそのとき、翁が震える手で菓子を取り出し、口に含んだ。

次の瞬間、

「ふぉ～っふぉっふぉっ！　いやはや参ったわい」

ミシェル翁が全回復した。如何なる魔術・神術によるものか、肉体だけでなく、衣服まで綺麗さっぱり元どおりである。

「な、ななな……」隣で璃々栖が瞠目している。「何じゃあの御仁は⁉」

「十二聖人が一柱、『治癒の御手』ミシェル翁」皆無は座りなおす。「治癒神術特化型の天才術師で、死にたてやったら死者すら黄泉帰らせるとか」

村田少将や千晶が容赦なく実弾を使っているのも、ミシェル翁がいるからこそである。

「その名前も相まって『大天使聖ミカエルの分体か』とも噂(うわさ)されとる。ご本人もその噂を気に入っとんのか、ああやってお菓子を作っては配り歩いとる」

「菓子？　何故(なぜ)に菓子？」

「聖ミカエルは菓子職人の守護聖人やから」

「菓子職人んん？？？　何と面妖な……」

「他にもいろんな天使や聖人が、いろんな職業や行為を守護しとるんやで。悪魔にもそういうの、ないん？」

「あるぞ」璃々栖が妖艶に微笑む。「我が阿栖魔台(アスモデウス)家が守護する職業というか行為が」

「なになに？」

璃々栖が耳を寄せてきて、「…………夜・と・ぎ」

「おおお⁉」大興奮の皆無である。「早速今夜、守護してぇや！　――ぎゃっ⁉　ちょっ、自分から水を向けといて叩(たた)きぃなや！」

「あー、うむ。今のはさすがに予(よ)が悪かったかのぅ。おぉ、よしよし」

「は～……噂の延長で、ミシェル翁が滞在しとるときは、その鎮守府では生命樹曼荼羅(セフィロトまんだら)の【神使火撃(ミカエル・ショット)】が出しやすぅなるとも言われとる」

「事実なのか？」

「さすがに気のせいやろ。だって」皆無は、もたもたと南部式を戻そうとしているミシェル翁を見やる。「あのとおり、ご自身は銃も満足に撃てへんのやから」

❖　❖　❖

三回戦目は、

「んふふ、千晶チャァ～ン。また一段と可愛(かわい)くなったんじゃなァい？」

軍刀を帯びながら体をくねくねさせている神威中将と、

「か、勘弁してくださいよ……」

完全に腰が引けている『弐丁拳銃』千晶である。

「じゃ、始めるわよォ～ん」

神威中将の利き手が軍刀の柄(つか)に触れた、そのとき。

「――【対物理防護結界(アンチマテリアルバリア)】！」

千晶が叫んだ。彼が首から下げている十字架が光り輝く。途端、戦場に多数の小型結界が立ち現れる。お盆程度の大きさの結界が、二人を取り囲むようにして数十枚。

千晶が撃った。銃声が束になって聴こえてくるほどの連続射撃。一見、でたらめに撃ったかに見えた銃弾が結界によって縦横無尽に跳弾し、その全てが四方八方から神威中将へ襲い掛かる！

「腕を上げたわねェ～ん」

だが、計十九発の壮絶な銃撃は、ただの一発も中将に届かなかった。中将が目にもとまらぬ剣によって全弾を斬り落としたからだ。

「あら？」

さぁ反撃だ、とばかりに前を見据えた中将が、首を傾げた。そこに千晶の姿がなかったからである。

そのとき千晶は、中将の頭上にいた。拾月大将が戦場を囲んだ結界を駆け上がったのだ。再装塡を終えた弐丁拳銃を構え、全弾を叩き込む。と同時、会場に、耳をつんざくような轟音が貫いた。

「あれ？」

今度は、千晶が首を傾げる番だった。神威中将の姿がない。重力に引かれた千晶が空から降ってきて、受け身を取った次の瞬間、

「はい、千晶ちゃんの負け～」

神威中将の軍刀が、千晶の頸椎に添えられた。

「ま、参りました……」

脂汗を流しながら、千晶が両手を上げる。

会場に大歓声が沸き起こる。

❖　❖　❖

四回戦目は、

「みんなの悪魔的偶像(アキドル)・ナタスちゃんだよ〜！」

鷲(わし)の翼と竜のような尾を持った褐色天使ナタス・レフィカル中将。身長数十サンチばかりの、自ら悪魔的偶像(アキドル)を名乗る天使なのだが、見てのとおりのエーテル体であり、その日の気分で姿かたちを変えるので、誰も彼——彼女？——の正体を知らない。ナタス本人も忘れてしまっているのかもしれない。

宙に浮かぶ褐色天使が獰猛(どうもう)な笑みを浮かべて、

「双子ぉ、沙嘆(サタン)への祈りは済ませたかい？」

対するは、

「「今日こそ勝つッ！」」

ミシェル翁を丸焼きにした、双子である。眼帯を外した双子が先手必勝とばかりに手を取り合い、

「「【第七地獄火炎（プレゲトン）】ッ！」」

「【氷結（アイス）】」

地獄級の魔術が、ナタスの放った初級魔術で相殺される。

「「なッ!?　——【第九氷地獄第壱楽章（コキュートス・カイーナ）】ッ！」」

続く、万物を凍りつかせる地獄級の氷魔術も、

「【火炎（ファイア）】」

ナタスの初級魔術で相殺された。

同じような応酬が何度も繰り返される。結界の内側が爆炎やら猛吹雪やらで何も見えなくなる。

「「「「な、ななな……」」」」

その、ハルマゲドンもはだしで逃げ出すほどの破壊的光景に、地域住民たちはもちろん、第七旅団の悪魔祓師（エクソシスト）たちすら白目を剥（む）く。

「な、ななな……」皆無の隣では、璃々栖もまた白目を剥いている。

当の皆無も白目を剝いている。

……やがて魔術が収まって、

「お、お姉ちゃん、私もう、ヱーテルが……」

汗びっしょりで肩で息をするオニキスと、

「悔しいけど、降参ね！」

降参を宣言しながらも、何故か仁王立ちなカーネリアンの姿が出てきた。

❖　❖　❖

最終戦は、

「僕らじゃ千日手なんじゃないの？」ナタス中将と、

「まァまァそう言わないで。楽しみましょうよォ〜」神威中将。

試合開始と同時に、神威の姿が掻き消えた。耳をつんざくような音が発生した。かと思ったら、ナタスの体が綺麗に五等分された。

「「「「「あははっ」」」」」

五人の小人になったナタスが、

「【火炎】」「【火炎】」「【火炎】」「【火炎】」「【火炎】」

　四方八方に魔術を放つが、相変わらず神威の姿は見えない。五人のナタスがさらに細切れにされてしまい。

「「「「もういいよ！　こ〜うさん！」」」」

　羽虫のようになったナタスの降参宣言で、勝者は神威中将と相成った。

「というわけで、璃々栖ちゃん陛下の護衛はこのアタシ、神威が務めることになったわけだけれどォ」中将が悪鬼羅刹のように微笑む。いや、本人は優しく微笑んでいるつもりなのかもしれないが。「せっかくだからやりましょっか、皆無ちゃん名誉元帥閣下？」

「あわ、あわわわわ……」

　そう、優勝者は皆無と模擬戦ができる、という話になっていたのだ。

「ぼ、僕は別にやらんくてもええかな〜、なんて」

「遠慮しなくていいのよォ〜ん？」

　皆無は震えが止まらない。あの日、【ディースの城壁】を斬り裂かれたときの恐怖と絶望が忘れられずにいるのだ。

「さぁ征(ゆ)け！」そんな皆無の背中を、璃々栖が押した。「もう、あのときのそなたではないのじゃ」

愛する女性にそうまで言われてしまっては、皆無も後には引けない。皆無は神威の前に歩み出る。

「言ってなかったかもしれないけど、アタシ、アナタと同じヱーテル体なの。死んでも死なないから、殺す気で来ていいわよぉん」

知っている。皆無の【三千世界(ブッダ・セッタラ)】の知覚が知らせてくるのだ。神威中将のヱーテル総量は約十万単位。うち一万を、ヱーテル体の維持に使っている。

——ヱーテル総量十万単位、とはどういう数字なのか。

璃々栖に出会う前の皆無の、十倍。

武闘派で鳴らしていた所羅門七十二柱(ソロモンズデビル)が一、不破侯爵・庵弩羅栖(アンドラス)の五十分の一。

ダディこと父の二百分の一。

ヱーテルお化け・璃々栖の五千分の一。

そして阿栖魔台(アスモデウス)の大印章(グランドシジル)の化身たるこの己、阿ノ玖多羅皆無の一万分の一である。

国家の最高戦力たる『十二聖人』を名乗るには、如何(いか)にも少ない数字。

それでも、神威中将は『日本最強の悪魔祓師(エクソシスト)』と呼ばれている。ヱーテル総量だけでは語れない、底知れぬ強さを持つからである。

（――集中）皆無の肉体が変化する。山羊（やぎ）の捩（ねじ）れ角、蝙蝠（こうもり）の翼、蠍（さそり）の尾、悪魔化（デビラキズ）。「中将閣下、胸をお借りします」


神威中将の姿が掻き消えた。


耳をつんざくような轟音と、神威中将が立っていた場所にぱっと生じる雲。

神威が、音を超えたのである。

（【思考加速（クロックアップ）――十倍】ッ！）

皆無は最近使えるようになったばかりの地獄級魔術を使う。周囲の人々の動きや、舞い上がる砂埃（すなぼこり）が停止する。いや、停止はしていない。周囲の人やものの速さが十分の一になったのだ。皆無の思考速度が十倍になったのである。

皆無は悪魔の動体視力で以（もっ）て視界の中を探す。が、神威は見えない。

（【思考加速（クロックアップ）――二十倍】）

まだ見えない。

（ええい、【五十倍】ッ！）

結界の壁を走りながら、こちらの背後へ猛然と走り込もうとする神威の姿が、ようやく目で追えるようになった。全身の筋肉をエーテルで満たした皆無は、人外の素早さで振り向きざまに、

「ガァァアアァァアアアアアアアゴォォォオォオォオオオオオッ!!」

膨大なエーテルを載せた【悪魔の吐息(デビラ・ブレス)】！

並の悪魔なら消し飛ばすほどの威力を持った一撃である。

(これで怯(ひる)ませた、その隙に——えッ!?)

相手は怯まなかった。それどころか、

「破ァッ!!」

逆に、鋭いエーテルの載った神威の一喝により、皆無の鼓膜が破壊された。

すぐさま頭部をエーテルで満たし、耳を修復させようとする皆無。だが、平衡感覚を乱されてすっ転ぶ。

首筋に冷たい気配。遮二無二、翼を動かして前へ離脱し振り向くも、神威の姿はそこにはない。いつの間にか、蠍の尻尾が断ち切られている。

耳の修復が完了し、平衡感覚が戻ってきた。

(【思考加速(クロックアップ)——百倍】ッ！)

ヱーテルの限りを脳に振り向け、自身が到達可能な上限まで思考を加速させる。それでようやく、神威の姿を捉えた。結界の天井を猛烈な勢いで走っている――そのまま壁を駆け下りて、こちらの背後を取るような形に！

（――【第二地獄暴風(ミーノース)】ッ！）

地獄の暴風によって神威が吹き飛ばされ、結界の壁に背中を打ちつける。

皆無はすかさず、

（【第九氷地獄第弐楽章(コキュートス・アンテノーラ)】ッ！）

双子が使った最強氷魔術のさらに上位、局地的最高峰氷結魔術で神威の右腕――光り輝く軍刀を握った腕を凍らせしめた。

（これでどうや――ヒッ⁉）

見れば神威が虚空から二本目の軍刀を取り出し、自らの右腕を斬り飛ばしたところだった。再び神威の姿が霞(かす)む。

が、

（【思考加速(クロックアップ)】、【三千世界(ブッダ・セッタラ)】、同時展開ッ！）

途端、神威の『未来の残像』が計三本見える。三全世界を駆け巡る知覚――未来予知にも近しい高密度な情報がヱーテル光となって見えているのだ。二本は欺瞞(ぎまん)らしい。皆無は

最もエーテルの色が濃い一本に向けて対峙し、

（【ディースの城壁】ッ!!）

かつて神威に切り開かれたものと同じ地獄級防護結界を、展開する。

今や軍刀を大上段に構えていた神威による、壮絶な振り下ろし。百倍の世界では、鉄と鉄のぶつかり合う音が長く太い轟音として耳に届いてくる。

——果たして、神威の刃は皆無の結界を断ち切れなかった。過去の恐怖を克服した皆無は、即座に【ディースの城壁】を反転させ、神威の体を包み込むようにする。

簀巻き状態になった神威が抵抗もできず転がり、さらに動かないのを、身構えながらたっぷり百秒——実際の一秒——待つ。神威がそれでも動かなかったので、皆無は【思考加速】を解除した。

「や～ん、負けちゃったァん」

鉄で簀巻きにされた神威中将が、びったんびったんと跳ねる。

「じ、自分で腕を斬り落とすなんて」【ディースの城壁】を解除しながら、皆無は溜息をつく。声が震えている。「オカシイですよ……」

「言ったじゃなァい、アタシはエーテル体だって。それに、この場にはミシェルちゃんがいるからねェ」

「お菓子喰うかい？」

いきなり背後から声がして、皆無は跳び上がった。見れば、ミシェル翁が立っている。

（いつの間に⁉　っていうか、常時展開させとる俺の【三千世界】の知覚網をすり抜けてきた⁉）

「食べる食べるゥ。頂戴な」

ミシェル翁の焼き菓子を口にするや、神威中将の右腕が生えてくる。

皆無も焼き菓子をご馳走になった。菓子を飲み込むや否や、斬り飛ばされた尻尾が生えてきた。原理は不明だが、凄まじいまでの治癒神術である。

「ふぉ～っふぉっふぉっふぉ。コレもあげよう」

皆無に菓子の袋を握らせて呉れるミシェル翁。

「それにしても強くなったわねェ、皆無ちゃん。男子三日会わざれば、ってやつかしらァん？　――さて、と」神威が観客席の方へ顔を向けて、「聖霊卿！　実力は示せたかと思うけれど、どうかしら？」

観客席の最前列では、青い顔をした聖霊がコクコクとうなずいていた。

こうして最強の護衛を仲間に加え、意気揚々と魔列車に乗った皆無と璃々栖であった。

LILITH WHO LOST HER ARM

Devilize

第弐幕

同年十二月一日、昼下がり／狭間(はざま)／璃々栖(リリス)

「――はずじゃったのに、どうしてこうなった!?」

亡者たちにエーテルを喰(く)い散らかされ、すっかり幼児と化してしまった皆無(かいな)を前に、璃々栖は頭を抱える。

「ひぐっ、うぇっ、うぇぇえん……」皆無が泣いている。

「おぉ、よしよし」璃々栖は皆無を抱き上げる。「あぁ、あぁ、皆無や、こんな姿になってしもぅて」

すると、皆無がぎゅっと抱き着いてきた。ふるふると震えている。何やら悪魔的な母性の目覚めを感じる璃々栖。背中をポンポンとしてやりたいが、するための腕がない。今抱いているこの皆無こそが、他ならぬその左腕なのだ。

やがて落ち着いた皆無が、

「お姉ちゃんだぁれ？」

とびきり可愛(かわい)らしい瞳をうるうるとさせながら、尋ねてきた。

（か、可愛いぃ〜〜〜〜っ！）璃々栖は内心身悶(みもだ)えしながら、「予(よ)か？　予はそなたのつ、つ、つ……」

妻、と言うのに恥じらいを感じてしまう璃々栖である。思えば璃々栖は、皆無に対して面と向かって『好きだ』『愛している』と告げたことがなかった。子供っぽい恥じらいを言い訳に、ついつい先送りにしてきたのだ。だが、いつまでも逃げ回っていても仕方がない。ここはいよいよ、腹を決めて――

「アラ可愛い」そのとき、神威（かむい）が悪魔の誘惑のように囁（ささや）いた。「まるで母子じゃなァい？　ちょっと揶揄（からか）ってあげなさいな」

「おおお⁉　そ、そうじゃな！」

神威の一言に乗せられ、璃々栖は思わず叫んでしまう。

「予は、そなたの、ママじゃァ！」

「ママ⁉」

目を輝かせる皆無。璃々栖は、堪（たま）らなくなってしまう。

（ま、まぁ皆無もこのとおり弱っておるようじゃし？　王配としての過酷な運命を突きつけるのは酷というものじゃ。それにそれに、母親としての疑似体験は、色欲の魔王・阿栖魔台（アスモデウス）としての研鑽（けんさん）になるやもしれぬしのぅ！）

悪魔的快楽に溺れながら、必死に言い訳を探す璃々栖。

（愛する男を育児せしめる！　なんと甘美で悪魔的な所業じゃろうか！　それに、あぁぁあ……なんじゃこのふわふわな髪、もちもちな頬！　あぁ、あああああ！　皆無が予に頬ずりしてくる。か、か、か、可愛い‼）

同日、午後／狭間の終わり／璃々栖

「つ〜の！」

「そうじゃな、角じゃァ」

　肩車をされた皆無が、璃々栖の角にぺたぺたと触れてくる。皆無は璃々栖が【収納空間】の中に隠し持っていた子供服を着せられていて、はた目には貴族家のお坊ちゃんのように見える。

　一方の璃々栖はいつもの着物と臙脂紫色の袴、編み上げブーツという出で立ちなのだが、羽織の上からさらにトレンチコートを羽織っている。西洋風の街並みを擁する魔界では、和装は悪目立ちしかねないからである。

「お洒落なトレンチコートねェ」

TSUNO

「んぉ？　そなた、トレンチコートのことを知っておるのか？」

「えっ？　ええ。というか璃々栖ちゃん陛下が朝鮮半島で自慢してたんじゃない。報告、上がってきてたわよ？」

「そうなのじゃ。塹壕（トレンチ）コートは、塹壕の中で雨水と寒さに体力を奪われがちな将兵たちにとって、無類の救いとなるはずじゃ。早（はよ）う量産して前線へ届けてやってほしい」

カーキ色のトレンチコートは璃々栖の【収納空間（アキテムボックス）】の中に眠っていた魔界製である。

悪魔世界の文化文明は、概（おおむ）ね人間世界と同じ流れを辿（たど）っている。が、悪魔世界はほぼ全住民がエーテル持ちであり、科学と魔術を併せた魔科学が進歩しているため、魔界の文化レベルは人間世界の数十年先を行っていると言われている。璃々栖は家庭教師からそのように教えられた。

当然、後装式の小銃も、長射程の銃撃などから身を守るための塹壕も、敵塹壕内へ的確に砲撃するための弾着観測気球も、それを発展させた飛行船も、飛行船を機動力で圧倒する飛行機も、魔界では発明済みである。

「さて、皆無よ。すまぬが一旦、降りて給（たも）れ」

「え～、やだぁ～」

ぐずる皆無を降ろし、羽織と一体になっている頭巾を目深に被る。何しろ璃々栖は、亡国の姫君なのだ。阿栖魔台(アスモデウス)臨時政府と国王を名乗ってはいるものの、現状、承認して呉れているのは日本ただ一国なのである。

一方の神威は、肋骨(ろっこつ)服を脱いでいる。白(ワイ)シャツに西洋袴(ズボン)という出で立ちと、和とも洋とも言えぬ不思議な顔立ちであるから、よもや日本からのスパイであるとは思われまい。その独特の化粧法も、その筋肉と相まって、何処(どこ)ぞの地方の悪鬼(オーガ)にそのような民族がいても可笑(おか)しくないように見える。

そして皆無はこのとおり幼児の姿であるから、三人揃(そろ)えば『戦争で国を追われた若夫婦』のように見えなくもない。

皆無を再び肩に乗せ、歩くことしばし。丘を越えた瞬間、一気に視界が開けた。

「あれは……駅、かしらァん？」

「うむ」

空を行き交う列車たちの停留場と、それを取り巻く建屋。列車から降りてくる、または列車に乗り込んでいく多数の人影。そして、そんな『駅』を取り囲む多数の宿泊・飲食・購買施設。そんな施設群の先に、大きな大きな扉がある。高さ数十メートルはあろうかというその扉こそが、狭間の空間の終端である。

❖ ❖ ❖

扉を抜けると、そこは魔界——旧・阿栖魔台(アスモデウス)王国、現・毘比白(ベヒキモス)帝国所属・阿栖魔台(アスモデウス)租界である。

「これが魔界？」神威が瞠目(どうもく)している。「随分と進んでいるのねェ」

大きな街道には魔導車が行き交い、背の高い建物が立ち並ぶ。神戸や東京など比較にもならないほどの大都会である。

「まさに摩天楼！　アラ、飛行機まで飛んでるのねェ」

「おや、飛行機を見ても驚かぬのじゃな」

「え？」

人間世界には、未(いま)だ飛行機が存在しない。『飛行機？　何それ？　めっちゃ速く飛ぶ飛行船？　はぇ〜すっげぇ』と皆無に驚かれたのは、記憶に新しい。

「え、ええ。というか、璃々栖ちゃん陛下から教えてもらったのよ」

「予から？　——あぁ、なるほど」

皆無は悪魔祓師(エクソシスト)である前に軍人であった。そんな皆無が新兵器の存在を聞いて、上司に報告しないはずもない。

「飛行機の登場は、戦場の光景を一変させるぞ。魔界がそれを証明しておる」

「でも、今回の戦で我が国が実用化するのは難しそうだわ。あの飛行機を持ち帰ったらアタシ、国の英雄になれるのかしらァん」

「動力はエーテルじゃがな」

「ままならないものねェ。救国の能力があり、祖国が危機に瀕(ひん)しているのに、その力を振るうことが許されないなんて」

「確かにのぅ。そなたなら、単騎で敵の本陣に乗り込んで将軍を斬首することすら容易(たやす)いのじゃろうな」

「フフフ。――それにしても」神威が辺りを見回す。

魔界にも、四季はある。十二月、街は寒い。道行く住民たちは皆、厚着だ。

だが、ガラス張りのショーウィンドウから見える商店の中は暖かそうである。神威が見ているその商店では、身綺麗(みぎれい)で薄着な小鬼(ゴブリン)が接客をしている。

「当たり前かもしれないけれど、一般市民も悪魔なのね。みんな、理性的だわ」

「あー……人間世界の常識では、小鬼(ゴブリン)は小汚いことで有名のようじゃからなァ」

小鬼(ゴブリン)だけではない。街を歩く豚鬼(オーク)、悪鬼(オーガ)、石像鬼(ガーゴイル)なども皆、理性的な目をしている。

「物理界(アッシャー)に現れるような奴(やつ)らは、基本的に皆、はぐれ者や一獲千金を狙う荒くれ者。しかも、よほどエーテル総量に優れた者でもなければ、脳や体に血流(エーテル)が行き渡らなくなり狂騒状態に陥る」

「逆に、生身の人間が霊界(アストラル)に渡ると、発狂するのよね」

「そなたは正気を保っているようじゃが」

「その子もね」

皆無は今、璃々栖の腕の中ですやすやと眠っている。

「んっふっふっ。予(よ)の未来の夫じゃぞ？」

「これから何処へ？」

「まずは沙不啼(サブナツケ)めの家、じゃな」

「大きなお屋敷ねェ！」

郊外に立つ屋敷を目にして、神威が瞠目する。

「阿栖魔台(アスモデウス)移動城塞の管理人じゃったからのぅ。じゃが、ひと気がない」

璃々栖は辺りを見回す。屋敷の門の前には阿栖魔台(アスモデウス)軍とは異なる軍服を着た兵士——

毘比白（ベヒヰモス）軍の兵が二人、立っている。屋敷から一歩裏手に入った路地には、浮浪児らしき子供が座り込んでいる。

「おおい、そこな小僧や」璃々栖は浮浪児に小銭を手渡す。「この家の者が何処に行ったか、聞いてきて呉（く）れぬか？」

うなずいた浮浪児が、毘比白（ベヒヰモス）兵のもとへ駆けていく。

「父王の治世では」璃々栖は歯噛（はが）みする。「あのような哀れな子はおらなんだ。早う国を救ってやらねば」

「そういえば、ここはもう毘比白（ベヒヰモス）の支配領域なのね。それにしちゃあ、街を歩く人——悪魔？——は生き生きしているように見えるけれど」

「あやつらは毘比白（ベヒヰモス）の国からやって来た他国民じゃ。植民地を闊歩（かっぽ）しておるのだ。さぞ気分が良かろうよ」

「嗚呼（ああ）……じゃあ、路地裏に座り込んでいる人や、奴隷がやけに多いのは」

「………強制連行やジェノサイドが起きておらんことを祈るばかりじゃ。まぁ、さしもの毘比白（ベヒヰモス）も他の七大魔王（セブンスサタン）のことは怖かろう」

「国際法、ね。悪魔って凄（すご）く野蛮なイメージだったけど、思ってたのと随分違うのねェ。でも、奴隷制度はあるのね」

「なかったよ、そのようなものは。人の大切な国を勝手に弄くり回しおって……絶対に、この手で縊り殺してやるぞ、毘比白」

浮浪児が戻ってきた。璃々栖を見上げて、

「全員、奴隷として売っぱらわれたってさ」

(一族の安堵を求めなかったじゃと⁉)璃々栖は天を仰ぐ。(沙不啼よ、本当にそなたは人の心を持たぬのじゃな。ふふ……いや、そうであった。予もそなたも、悪魔なのじゃから)

璃々栖は追加の小銭を浮浪児に渡す。

「小僧や、済まぬがお遣いを頼まれては呉れぬか」

「なぁ、姉ちゃんってまさか――」

「頼む」

「俺のこと……俺たちのこと、救って呉れるんだろうな？」

「必ずや。約束しよう」

数十分後／高級奴隷商の店／とある浮浪児

「なぁおっちゃん」

浮浪児が声を掛けると、毘比白（ベヒキモス）王国出身の店主は露骨に顔をしかめた。

「あぁん？」

「てめぇみたいな汚い餓鬼（ガキ）が来るところじゃねぇぞ」

「違う違う」浮浪児は怯（ひる）まない。彼は自身の隣に立つ子供を示して、「俺はこのお方のお付きさ。坊ちゃんが自動人形（オートマタ）に傾倒なさっててな。機械に強い奴隷を探してんだ」

子供――あの姫様に『カイナ』と呼ばれていた少年を見て、店主が露骨にたじろいだ。

それはそうだろう、と浮浪児は思う。この少年、身綺麗な恰好（かっこう）や整った顔立ちも貴族っぽいが、何より凄いのが、体から陽炎（かげろう）のように立ち昇っている膨大なエーテル。阿栖魔台（アスモデウス）王家のお姫様に子供がいたという話は聞いたことがないし、子供がいるような年齢でもないだろうが……。

（下手（へた）な詮索はしない方が身のためだな）浮浪児はポケットの中の小銭を弄る。（あのお姫さんが俺のような戦争孤児をこの肥溜（こえだ）めから救い出して呉れるって言っても、一昼夜じゃとても無理だろうし……せいぜい真面目に働いて、チップを弾んでもらうとするか）

「こ、これは大変失礼を」店主がカイナに対して礼をする。「ですが……残念ながら、沙不啼家（サブナツケ）の奴隷は、全て売り払ってしまいました」

「誰が買ったのか教えて呉れよ」

「坊主、そりゃ機密だ」

「情報料なら――」

「悪いが契約なんでな」

「うーん」

どうしたものか。一度、店を出てお姫さんに相談しようか？

浮浪児が思案していると、

❖　❖　❖

同刻／同地／皆無

皆無はふわふわとした、夢の中にいるような心地でいる。色々なことが曖昧で、ただ何となく、『ママ』と名乗ったあの綺麗な女性についていけば大丈夫、という漠然とした安心感がある。

そのママに頼みごとをされた少年が、何やら困っている。皆無は何とかせねばと思い、

「ねぇ、おじさん」少年を困らせていると思(おぼ)しき店主を見上げ、「おじさん、おねがい！」

ちょっとした、感情の爆発。

途端、室内に突風が吹き荒れ、壁際の調度品がガタガタと震え出す。

「ひっ、ひぃ〜〜〜〜ッ！」店主がひっくり返った。「わ、分かった！　言う、言う！

だから殺さないで呉れ！」

❖　❖　❖

数十分後／市街地／璃々栖

「なぁお姫さん、コイツ、アンタの餓鬼か？　何かとんでもなくヤバいんだけど」

「あはァッ！　まぁそのようなものじゃァ」ビルヂングの屋上に立つ璃々栖は、数ブロック向こうに横たわる屋敷に向かって右手をかざす。「【隠蔽(ハイド)】、【万物解析(アナライズ)】」

通常は展開されるはずの魔法陣が、出てこない。【隠蔽(ハイド)】による効果(エフェクト)である。

視線の先の屋敷は、沙不啼(サブナッケ)の一族が売られた先の一つだ。

「——見つけた。じゃが、大印章(グランドシジル)らしき反応はないのぅ」

「な、ななな……」浮浪児が瞠目している。「今ので、あの屋敷全体を調べたのか⁉」

「ふふん。予はそなたらの王じゃぞ？」

「実際のところ」神威が問うてくる。「璃々栖ちゃん陛下ってどのくらい強いのォん？」

「えらく直截(ちょくせつ)的な問いじゃのぅ。予は皆無がおれば無敵の魔王じゃが、予自身の小印章(ノーマルシジル)だけでは、全属性とも中級魔術までが関の山。じゃが、とある属性だけは地獄級まで扱うことができる」

「とある属性？」

「淫属性じゃァ」

「「淫!?」」

「最も得意とするのは【魔力譲渡(マナ・トランスファー)】と【魔力吸収(マナ・ドレイン)】。これは腕なしでも使える」

「あぁ、皆無ちゃんにエーテルを渡したり、逆に吸い戻したりしていた、アレね？」

「そして【魅了(チャーム)】。じゃがコレは精神汚染魔術にも分類されていて、大都市では大抵、結界で監視されておる」

「心を魔術で操られちゃったら、まともな交渉事や生活なんてできないものねェ」

❖　❖　❖

そんな風にして市内の数軒を巡り歩き、沙不啼家の者たちの現状を確認した。技師として働かされている男性、慰み者にされている女性、下男下女として働いている者たち……辛そうな者も多かったが、命に危険のあるような者はいなかったため、気の毒だが捨て置くことにした。

……大印章らしき反応は、見つからなかった。

「これで、この近辺に売られた沙不啼家の者は全部じゃな」

「あと一人、いるんだったかしらァん？」

「うむ。物理界で言うところの伊太利亜に相当する地域じゃァ。他が全員外れじゃったということは、その者が当たり――つまり、大印章の後継者である可能性が高い。さて」

璃々栖は懐から硬貨を目いっぱい取り出す。

「小僧や、そなたには世話になった」

「絶対に」硬貨を遠慮なく受け取りながら、浮浪児がやや涙ぐんだ目で璃々栖を見上げてくる。「絶対に救って呉れよな」

「誰に言うておるのじゃ？」璃々栖は笑う。「予は、璃々栖・弩・羅・阿栖魔台であるぞ」

❖　❖　❖

翌十二月二日、昼／霊界（アストラル）の伊太利亜・羅馬（ローマ）に相当する大都市／璃々栖

鉄道に揺られること、約半日。舞台は物理界（アッシャー）で言うところの伊太利亜相当地域へと移る。

「ねェ」活気に満ちた街を歩きながら、隣の神威が問うてくる。「国名ないの、ここ？」

「ない」おねむな皆無を抱き直しながら、璃々栖は即答する。「王の名を国とするのが魔界の習わしなのじゃが、この地域は大小様々な大悪魔（グランドデビル）が争っておって、支配者と呼べる者がおらぬのじゃ」

「大小様々な大悪魔（グランドデビル）……何だか馬から落馬しちゃいそうな、不思議な響きねェ」

「所羅門七十二柱（ソロモンズデビル）も何柱かおったはずじゃ。それに、所羅門七十二柱（ソロモンズデビル）以外にも大悪魔（グランドデビル）を名乗る者どももはたくさんおるからのぅ」

「へェ〜」

「まぁいずれも毘比白（ベヒモス）の寄子ばかりじゃから、実質的には毘比白（ベヒモス）の支配地域ということになるが」璃々栖は頭巾を目深に被りなおす。「その昔は、所羅門七十二柱（ソロモンズデビル）が一柱、悪魔大総裁・火威矛（カイム）の家が代々治めておったのじゃが、今から百数十年ほど前に、火威矛（カイム）家が消滅してしまいおってな。以来、このような状態が続いておるじゃ」

「火威矛（カイム）……」

璃々栖は家庭教師から学んだ悪魔学を思い出す。

「悪魔学の聖典・魔導書『ゴエティア』によれば――」

「悪魔学の聖典！　すごい、一行で矛盾したわね」

「ゴエティアによれば、火威矛はツグミもしくはクロウタドリの姿をしていて、曲刀を帯びておるそうじゃ。まぁ、あくまでこれは『典型的な火威矛像』であって、当代の火威矛がそうだとは限らぬが」

「随分と可愛らしい悪魔ちゃんねェ」

「人の姿になることもできて、その場合は孔雀の如き七色の羽根帽子を被っておるという。その大印章が操るのは、『速度』」璃々栖は腕の中で眠る皆無の髪を唇で撫ぜて、「皆無も脳内速度を向上させる【思考加速】は使えるが、それの心身両方版じゃァ。火威矛の大印章を受け継ぐ者は、物凄い速度で動けるらしい。そなたの剣もとてつもなく速いが、そなたもしや、【思考加速】と肉体の加速魔術が使えるのか？」

「失礼しちゃうわァん」神威がプリプリと怒ってみせる。「アタシの剣は、純粋に訓練の賜物よォん？　アタシってば、ほんのちょびっとの【虚空庫】を除けば、魔術はからっきしだもの」

【虚空庫】は【収納空間】の東洋版。璃々栖は、神威が皆無との模擬戦中に虚空から予備の軍刀を取り出したところを見ている。

「まァこのとおりヱーテル体だから、ヱーテルによる肉体強化は行ってるけれど」

「加速系術式なしに音速を超えるとは……本当にバケモノじゃのぅ、そなたは」璃々栖は溜息一つ。「昔、じぃじが話して呉れたところによると――あっ」

「えっ」

「ごほんっ。昔、祖父が話して呉れたことによると、じゃな⁉」

「じぃじ」

「そ・ふ・が！」

「フフフ。そォんなに恥ずかしがらなくても」

「――そ・ふ・の・話によるとな⁉　火威矛家当主が指揮する軍隊は常人の十倍の速度で行軍し、襲い掛かってくるものだから、まるで敵わなかったそうじゃ」

「じぃじだなんて、璃々栖ちゃん陛下もまだまだ子供――って、十倍⁉」

「まァ祖父も祖父で火威矛軍将兵を【魅了】して、火威矛軍同士で滅茶苦茶に争わせたそうじゃが」

「な、ななな……仮に日本軍が十倍の速度で行軍できるとしたら、朝鮮半島なんて一足飛びに越えちゃって、奉天の敵将・黒鳩金をあっという間に全周包囲殲滅できちゃうわねェ。

璃々栖ちゃん陛下の【魅了（チャーム）】といい火威矛（カイム）家の【超加速（オーバークロック）】といい、そんな反則技で溢（あふ）れかえった世界で、まともな戦争なんてできるのかしらァん？」

「ん？」璃々栖は小さな違和感を覚えた。が、その疑問はすぐに消える。「『まともな戦争』というのも珍妙じゃが……今となっては、戦争で大印章（グランドシジル）を使うことは禁じられておる」

「えっ、そうなの？」

「人間世界において術師の戦争利用が禁じられているのと同じように、小印章（ノーマルシジル）及び大印章（グランドシジル）持ちの大悪魔（グランドデビル）は、一騎討ち以外での戦闘を禁じられておるのじゃ」

「へェ。それはまた、どうして？」

「世界が崩壊しかねんからじゃ。実際、何度も崩壊しかけたらしい」

「あー……」納得顔の神威。「でも、だったら印章（シジル）を駆使して仮想敵国の国王を暗殺したり、その姫君を拉致したり、敵国の大印章（グランドシジル）を奪おうとしたりするのって、悪魔世界における国際法違反にならないの？」

「なるぞ」

「えっ⁉　じゃあ毘比白（ベビキモス）って……」

「彼奴（きゃつ）がやっておる行為はぜーんぶ国際法違反じゃ。じゃから、他の七大魔王（セブンスサタン）は誰も毘比白（ベビキモス）を王として認めておらぬし、彼奴の国も承認しておらぬ。——それこそが、予（よ）にとって唯一の勝機なのじゃ」

「というと？」

「彼奴は小印章と大印章を合わせて六百六十六個所持していると言われておる。強大じゃ。あまりにも強大な敵じゃ。いくら予が阿栖魔台家の大印章を持っているとはいえ、正面から当たってはとても敵わぬじゃろう。だから予は、世界を味方につける。国際法を順守した正当な手順で国を興し、軍を成し、他の七大魔王から国家として承認され、七大魔王たちと同盟し、巨大な対毘比白包囲網を築くのじゃ」

「何とも壮大な話ねェ……」

「その第一歩が阿栖魔台移動城塞の起動であり、そのための沙不啼後継者探しというわけじゃ。祖国復興も一歩ずつ、じゃな」

やがて、今日泊まる予定のホテルが見えてきた。

「随分と高級そうなホテルねェ。お金は大丈夫なのォん？」

「実を言うと少々心もとないんじゃが……」【収納空間】内に眠る残金――叛逆発生前にたまたま持っていた金貨の量を思い返す璃々栖。「このランクのホテルでなくては困る理由があってのぅ」

「理由？」

十数分後／ホテル内／璃々栖

『はい。こちら霊界(アストラル)国際電電公社です』

部屋に入った璃々栖はさっそく、上等なホテルを取った理由——念話(テレフォン)を起動させる。人間世界の電信(テレグラフ)に比べてかなり普及している魔界の念話機(テレフォン)だが、それでも相応のホテルでなければ各部屋には備え付けられていない。そして今から話す内容は、公衆念話(テレフォン)で話せるようなものではない。

「次の番号に繋げて給(たも)れ。■■■－■■■■－■■■■」

壁に取り付けられた姿見に向けて、璃々栖は阿栖魔台(アスモデウス)移動城塞の番号を告げる。ほどなくして回線が繋がり、

『陛下、ご無事で!?』

阿栖魔台(アスモデウス)移動城塞内の受話器を取った聖霊(セアル)の姿が映し出される。

「予は無事なのじゃが」璃々栖は、腕の中で眠る皆無を姿見に映す。「皆無がのぅ」

『ええ〜〜〜〜〜〜〜〜〜〜ッ!?』

❖　❖　❖

「とまぁそんな状況じゃァ」

『何てこと……』

「そちらはどのような感じじゃ？」

『村田卿には引き続き、阿栖魔台城の解析に努めていただいております。私は桂首相や小村外相の要請に応え、ヱーテル消費の許す範囲で【瞬間移動】を使っております』

そのとき、璃々栖の腕の中で眠っていた皆無がもぞもぞと動いて、

「ママぁ……」まさぐってくる。

「ひゃっ、くすぐったい！　乳なんぞ出ぬぞ予は!?　こんな姿になってまでなお乳房好きとは、そなたもほとほと業の深い……」

皆無は寝ぼけているようである。適当にあしらいつつ聖霊との会話に戻ろうと思っていた璃々栖であったが、あまりにも可愛らしい皆無の様子についつい興が乗ってきてしまい、

「可愛いでちゅね、べヰビーちゃん。吸ってみまちゅか？」

「ママぁ〜」

「な、何じゃこの、えも言われぬ感覚は……こ、これが母性⁉」

『絶対に違うと思いますが』

「あぁ～っ、可愛いでちゅね、いっぱいおっぱい吸えまちたね！」

しばらくして満足したのか、眠りに戻る皆無。

『へ、陛下……』聖霊（セアル）が白目を剝（む）いている。

「ご、ごほんっ！　と、兎（と）に角（かく）、引き続き日本の支援に務めて呉れ」

『ははっ！』

壁際では、神威が必死に笑いを堪（こら）えていた。

❖　❖　❖

同日、午後／市街地／璃々栖

璃々栖は皆無と神威を伴って、奴隷商から聞き出した住所に向かって歩く。

「さぁ張った張った！　午後の第一試合、もうすぐ締め切るよ！」

「倍率はこのとおり！　大穴狙いもアリだが、まぁ順当にいってチャンピオン機一択だ！」

先に進めば進むほど、賑（にぎ）わいは増し、通りが大きくなっていく。人形が描かれたのぼりや看板があちらこちらに飾られている。

「何じゃァ、このののぼりは……？」

「なになに――」路上に落ちていた引札(ビラ)を拾った神威が、「人が乗った自動人形(オートマタ)による拳闘大会？　みたいなのをやってるみたいよォ」

「おおおっ！」神威に引札(ビラ)を見せてもらい、璃々栖は合点がいく。「コロセウム！　騎乗人形(セミオートマタ)による拳闘じゃァ。なるほど、なるほど。沙不啼(サブナツケ)家の者は押しなべて機械に強い。機械に強い者は騎乗人形(セミオートマタ)への騎乗も上手い。斯(か)く言う沙不啼(サブナツケ)の爺(じじ)ぃも、ひとたび騎乗人形(セミオートマタ)に騎乗すれば、無類の強さを誇っておった。というか、阿栖魔台移動城塞(アスモデウス)そのものが、あやつにとっての騎乗人形(セミオートマタ)だったのじゃがのぅ」

　璃々栖は確信めいた仮説を立てる。あるところに、強力な騎乗人形(セミオートマタ)を持ちながらも、自身は騎乗能力を持たない人形オーナーがいたとする。そのオーナーが、優秀と名高い沙不啼(サブナツケ)家の技師(エンジニア)が大量に奴隷として売り出されたのを知り、その中でも最も騎乗能力に秀でた者を購入し、コロセウムに参戦した――。

「辻褄(つじつま)は合う。何しろ、その奴隷の売却先というのが――」璃々栖は、奴隷商から聞き出した住所にそびえ立つ建造物を見上げる。「ここ、コロセウムなのじゃから！」

　巨大な円形競技場の中からは、熱し切った歓声が聞こえてくる。

「でも、そう簡単に見つけられるかしらァん？」神威がコロセウム入り口の看板を覗（のぞ）き込んでいる。「今日参加している選手だけでも百組はいるみたいよ？」

「いや、恐らくは簡単に見つかる」

自信満々の璃々栖。何故（なぜ）なら、

『三週間前に流星の如く現れた奇跡の新人マイスター・フランツ氏の人気に迫る！』

『負け知らず！　新人騎乗技師（パイロット）・コッペリウスの強さの秘密とは⁉』

『チャンピオンバディ・フランツ&コッペリウスの試合を見逃すな！』

「予が神戸に降り立ったのは」のぼりを見上げながら、璃々栖は問う。「いつじゃったかのぅ？」

「ちょうど一ヵ月前ね。——あっ」

一ヵ月前、クーデターによって捕らえられたのであろう沙不啼（サブナツケ）家の者たち。そして、三週間前に現れたというフランツ&コッペリウスなる人物たち。

「計算が合う……わね」

「兎に角、入ってみようぞ」

「ちょいとお待ち！」

中に入ろうとする璃々栖たちを咎（とが）める声。見ればもぎりの男が遮るように立っていて、

「騎券を買ってもらわなきゃ、中には入れられないよ！　どっちに賭けるんだい？」

「金を取る、じゃと!?　うぐぐ……」

　璃々栖の軍資金が目減りしていく。

催されていたのは、噂(うわさ)のフランツ&コッペリウスと、挑戦者チームの試合だった。直径百メートルほどの闘技場の中で、東西の端にそれぞれ三つの人影が立っている。璃々栖は眼下――チャンピオンチームを見つめる。
　影の一つは、人形技師(マイスター)。話題沸騰中のマイスター・フランツその人である。人形のオーナーであり、チームのオーナー。小太りの壮年男性だ。
　今一つは、騎乗技師(パイロット)。マイスターが擁する人形に騎乗し、闘う戦士である。コッペリウスという名前の、雇われ――もとい奴隷パイロット。璃々栖が沙不啼家(サブナッケ)の大印章(グランドシジル)の後継者ではないかと目する人物である。璃々栖がパッと【万物解析(アナラキズ)】を纏(まと)った瞳で調べたところ、予想どおり首の辺りに奴隷紋が刻まれていた。ひょろりと背が高く青白い肌をした、黒い癖毛で猫背の少年。

最後の一つは、騎乗人形（セミオートマタ）。魂を持たぬ、闘う人形だ。

闘技場の反対側にいるのもやはり、人形技師（マイスター）、騎乗技師（パイロット）、騎乗人形（セミオートマタ）のセットである。

「両者、騎乗してください」

魔術によって拡声された司会の声に従って、東西両方のパイロットが騎乗人形（セミオートマタ）の中に入り込んでいく。

受肉（マテリアラキズ）度合いを弱めて霊体（アストラル）のみの状態となることで、パイロットは騎乗人形（セミオートマタ）にいわば『憑りつく』ことができる。悪霊（デーモン）が物品や動物、人間に憑りつくのと原理は同じである。

「レディー・ファイト！」


試合が、始まった。


挑戦者機は、オーソドックスな人型である。全長五メートルほどの中型機で、長剣と大盾で武装している。

（あれは我が軍が誇る……誇っておった主力歩行戦車『ディアボロス』。動力はヱーテル着火型ガスタービンヱンジン式の三号、頭部電探の形状を見るに機体は最新の七型。兵装は槍（やり）ではなく長剣じゃから、ディアボロス七三型乙式、ということになるか）

璃々栖は沙不啼（サブナッケ）や父から教わったことを思い出す。

ディアボロスは量産性に優れ、かつ操作が簡便でパイロットも速成可能とあって、量を揃（そろ）えやすい定番戦車である。『平地では、とりあえずディアボロスをたくさん並べてファランクスを組ませ、平押しすればまず勝てる』とすら言われる傑作兵器。

（というか最新型って……）璃々栖は天を仰ぎたくなる。（何故に阿栖魔台（アスモデウス）正規軍しか持っておらぬはずの最新兵器が、こんなところに？）

だが、考えてもみれば当然のことであった。阿栖魔台（アスモデウス）城は――阿栖魔台（アスモデウス）王国は実質、無血開城、無条件降伏をしたのだ。

璃々栖が道中買い集めた新聞ではそうなっていたし、璃々栖が実際に歩いた旧阿栖魔台（アスモデウス）王国王都も、移動城塞発着場とその近辺、及び毘比白（ベヒキモス）の進軍路こそ破壊の跡が目立っていたが、それ以外の街並みは綺麗（きれい）なものだった。

国内の戦車が毘比白（ベヒキモス）軍に鹵獲（ろかく）され、そのお下がりがこのような場で剣を振るっていても、可笑（おか）しな話ではない。

――そう。国産主力戦車ディアボロスが今まさに、剣を振るっている。

挑戦者パイロットが乗り込んだその歩行戦車が、まさしく歩兵が平野を快活に闊歩（かっぽ）するが如（ごと）き速度で――実際にはその二・五倍の速度で前進する。キャタピラを付けて地を這（は）っていた旧時代の戦車を駆逐してなお歩行型『戦車』の名を襲ったその機体が、まるで自動車の如き快速で前進する。五メートルもの巨体を快活に前進させながら、長剣を振り上げ、振り下ろす！

　剣の先にいるチャンピオン機はひとたまりもない――かに見えた。が、

(…………あれ？)

　璃々栖は目をこする。ついさっきまで目の前にいたはずのチャンピオン機が、掻き消えたからだ。ディアボロスの長剣が空を斬り、闘技場の地面にめり込む。

(何処に――)

　索敵魔術を使うまでもなかった。チャンピオン機は――その異形は、ディアボロスの背後に潜んでいた。

　――チャンピオン機。よくある人型やキャタピラ型戦車ではない。その姿はまさに異形。

八本の足を持った多脚型戦車。

(蜘蛛の如き脚と体を持つ斥候戦車――『バヱル』！)

　璃々栖は戸惑う。

　蜘蛛型多脚戦車『バヱル』は、森林・山岳地帯など見通しの悪い戦場での偵察・奇襲戦において無類の強さを誇る機体である。が、体は細く、一対一で戦うにはあまりにも脆い。

ならば機動力で人型に勝るかと言われれば、平地においては速力すら人型中型機に遠く及ばない。何しろ背丈が二メートルに満たないのである。いくらせわしなく八本脚を動かしても、五メートルの巨人による全力疾走には到底敵わない。

とても、近接戦闘に耐え得る機体ではない……そのはずなのに。

——シャァアァアアアアアッ！

チャンピオン機・斥候戦車『バヱル』が戦場を駆け回る。ディアボロスが何度も剣を振り下ろすが、バヱルには一向に当たらない。

ディアボロスの動きもけして悪くはない。熟練の兵士を思わせる動きで見事に機体を操り、バヱルに追いすがっている。が、バヱルが常に一歩先を行き、ディアボロスの剣を避け続けるのだ。

『走る』という動作に適しているとは言えない蜘蛛型の機体が、二倍以上もの体躯を持つ人型から逃げ続けられる理由。それは、

（車輪！　あの蜘蛛、八脚の足先に車輪が付いておるのか！）

八つの車輪を駆使したバヱルが、ディアボロスを揶揄うかのようにクルクルと踊る。通常、バヱルは樹木に登り、樹木間を飛び回るような機動を想定しているため、足先に車輪など付いてはいない。璃々栖も、車輪付きのバヱルなど聞いたことがない。あのバヱルは、

マイスター・フランツが平地戦用に改装した特注品、ということか。

業を煮やしたのか、ディアボロスが剣を放り投げた――天高く。そして、両手で以て大盾を勢いよく地面に突き立てる。

――カシャンッ
という音とともに、盾に三つの銃眼が開き、

――タタタァ――――ンッ!!

盾の裏側に隠されていた三丁の散弾銃が火を噴いた！

水平方向へ広く張られた弾幕から、バエルが逃れる術はない――水平に機動している限りは。だからバエルは、上方向へ機動した。

跳躍。バエルがディアボロスの頭部よりもなお高く跳躍したのだ。

そう。垂直方向への機動こそが、蜘蛛型戦車の本懐。

(じゃが――)璃々栖は唸る。(悪手じゃな)

散弾を見事に躱したバエルに、盾を捨てたディアボロスが大上段で斬り掛かる――ちょうど手元に降ってきた剣で以て！

(あのディアボロス、見事じゃ)

果たしてバエルは真っ二つに――

（えっ⁉）

ならなかった。

驚く璃々栖の視線の先で、バエルがさらに跳躍したからだ。

（あの光の壁は、【対物理防護結界】（アンチマテリアルバリア）！　結界を足場にしたか！）

さらに、ディアボロスを取り囲むように数十枚の【対物理防護結界】（アンチマテリアルバリア）が展開された。

（何やら見覚えのある……そう、十二聖人の弐丁拳銃使いが見せた戦法じゃ）

だが、射出されるのは銃弾ではなく、

（バエル自身か！）

目が回らないのか、そもそもどうやればあんなに素早く動けるのか。バエルがまるで跳弾する弾丸の如く、ディアボロスの周囲を飛び回る。しかも、ただ飛び回っているのではない。

（あれは――糸？）

ディアボロスの周囲を猛回転しながら、尻から蜘蛛のように糸を吐き出している。糸がディアボロスの脚に絡みついていき、ついにディアボロスがすっ転んだ。あれほどの巨人を拘束せしめてしまうとは、どれほどの強度を持った糸なのか。バエルはさらに目にもとまらぬ早業で、ディアボロスの両腕をも拘束してしまった。

「──勝者、マイスター・フランツ＆パイロット・コッペリウスぅううう!!」

「「「「うわぁぁあああああ～～～～ッ!!」」」」

（──間違いない）璃々栖は歓喜していた。（間違いない間違いない間違いない！　あのコッペリウスという男こそが、沙不啼の大印章を受け継いだ者じゃ！）

あのディアボロス乗りもけっして悪くはなかった。国を興し、軍を作った暁には、戦車乗りとしてスカウトしたいほどの腕前である。だが、パイロット・コッペリウスの実力は隔絶していた。

（あれほどの高速機動……しかも、片手間に結界魔術まで使いおった！　沙不啼ですら、あれほどの芸当ができたかどうか）

❖　❖　❖

「頼む、コッペリウス氏に会わせて給れ！」

「駄目駄目。ここから先は部外者お断りだよ」

「そこを何とか！　少しだけで良いのじゃ！　このとーり！」

璃々栖は選手控室に続く入り口で、通路を塞ぐ警備員に対して拝み倒す。王の威厳はたった今捨てた。

「駄目だって。あっ、コラ！　勝手に入ろうとするな！　不法侵入者はしょっぴくぞ!?」

「後生じゃからぁ〜〜〜〜ッ！」

「ごしょ……何？」

　思わず日本で覚えた言い回しが出てくるが、警備員に伝わるはずもない。

「アンタみたいな厄介な騎狂（ファン）が一番駄目なんだよ……ほら、さっさと帰った帰った」

「ファン？　予（よ）はファンでは……いや、ファンなのじゃ！　だから頼む！」

　言いながら、璃々栖は【万物解析（アナラキズ）】を纏（まと）わせた瞳で警備員を見つめ、それから辺りをさっと見回す。

（いっそ【魅了（チャーム）】で突破するか？　いやいや、精神汚染系を市内で使うと監視結界に捕捉される恐れが……【隠蔽（ハキド）】との合わせ技なら？　いや、駄目じゃな。この建物、市内よりもより強固な監視結界で守られておる。まァ賭け事を催す場じゃから当然か）

「それで今度は、居住区ってわけねェん？」

神威が見上げている。璃々栖も見上げる。

コロセウムの真横に、天を摩するような超高層ビルジングが立っている。選手たちに提供されているホテルである。

璃々栖が聞き込みをしたところによると、このホテルの一階～三階は雑魚寝の粗末な部屋になっていて、四階～九階が相部屋、十階以降が個人部屋——という具合に、上に行けば行くほど等級が上がっていくのだそうだ。最上階の四十三階は、一階層丸ごと一部屋になっているのだとか。

そして、その最上階から下々を見下ろしているのが、マイスター・フランツ&パイロット・コッペリウスというわけである。

璃々栖は最初、ホテルの前に張り込んでコッペリウス氏が出てくるのを待とうと考えた。が、聞き込みをしていくうちに、過去三週間、コッペリウス氏がホテルから一度も外に出てきていないことを知った。ホテルはコロセウムの選手控室と渡り廊下で連絡されているため、コッペリウス氏は完全にコロセウム敷地内に引きこもっていることになる。

「ならば、こちらから向かうしかあるまい」

「猪突猛進というか何というか……まァ、璃々栖ちゃん陛下ってば日本にいるころからそんな感じだったものねェ」

璃々栖が何食わぬ顔でホテルのエントランスを抜けようとすると、

「ちょっとちょっと！　選手証をちゃんとかざして——って、アンタはさっきの厄介ファン！」

警備員に呼び止められた。

「そなたはさっきの——。暇なのかの？」

「試合の合間はこっちの警備もやってるんだよ。アンタみたいな厄介ファンから選手たちを守るために！」

「うぐぐぐ……」言葉もない、とはこのことである。だが、諦めるわけにはいかない。

「のぅ、お願いじゃ。コッペリウスに会わせて給れ」

「駄目だっての。このホテルは選手以外は立ち入り禁止なんだから。言っとくけど、ホテルの中にだって警備員はいるんだからな？」

❖　❖　❖

「え〜っと」神威が珍しく、真面目な顔をしている。「璃々栖ちゃん陛下、それ、本気？」

「他に良い案があるのなら」皆無の手を引いて賑やかな街道を歩きながら、璃々栖は隣の神威を見上げる。「聴こうではないか？」

「そォねェ……まず、アタシがあのホテルに亜音速機動で忍び込んで」

「忍び込んで？」

「コッペリウス氏ちゃんを引っつかんで逃げてくる、とか？」

「妙案のようにも思えるが……そなた以外の人間は、亜音速の動きに耐えられるのか？」

なるほど確かに、神威は亜音速で移動することができるバケモノである。神威の神速を以てすれば、警備員の目を盗んでヱントランスを突破し、コッペリウス氏のもとに到達することも可能であろう。だが、問題はそのあとだ。

「無理ねェ」神威がケラケラと笑った。「血流が滞ってしまって早々に視力を失い、数分以内に気絶。そのまま高速移動を続けていると、最悪、脳が死ぬ可能性があるわね」

「駄目ではないか！」

「でもォ、悪魔悪霊(デーモン)にも血液ってあるのォん？」

「ある。霊(アストラル)体生物にとっては、ヱーテルこそが血液であり酸素。ヱーテルの流れが滞ると、まさしくそなたが今言ったとおりの症状が出る」

「じゃあ駄目じゃないの」

「だから駄目じゃと言っておる」

「じゃあじゃあァ〜、コッペリウス氏ちゃんを確保した後ォ、コッペリウス氏ちゃんが耐えられる速度で逃げてくるっていうのは？」

「いや、それじゃとバレるじゃろう？」

「バレるわねェ」

「言っておろう？　予は国際法を味方につける、と。犯罪行為は駄目じゃ。たとえ阿栖魔台(アスモデウス)移動城塞が動かせたとしても、お尋ね者になってしまっては意味がない」

「亜音速拉致も立派な犯罪だけど」

「バレないのは良いのじゃ」

「非道(ひど)い王様ねェ〜。じゃあ、コッペリウス氏ちゃんを確保した後、【瞬間移動(テレポート)】で逃げるっていうのはどうかしらァん？」

「そなた、【瞬間移動(テレポート)】が使えるのか⁉」

「アタシは使えないわよ。璃々栖ちゃん陛下は？」

「残念じゃが、使えぬ。皆無といいダディ殿といい第七旅団の精鋭といい、ポンポンと使われておる【瞬間移動(テレポート)】じゃが、あれは本来、大悪魔(グランドデビル)の中でも一部の者にしか許されぬはずの地獄級魔術じゃぞ？」

「でも、その【瞬間移動(テレポート)】の大家・聖霊卿(セアルきょう)がいるじゃない」

「聖霊(セアル)か」

所羅門七十二柱(ソロモンズデビル)が一柱・聖霊(セアル)。【瞬間移動(テレポート)】の天才である。

【瞬間移動(テレポート)】には『本人が訪れたことのある場所にしか渡れない』という制約がある。そして聖霊(セアル)はこの街を訪れたことがない。例外として【長距離瞬間移動(グランドテレポート)】なら、聖霊(セアル)家の大印章(グランドシジル)が過去に行ったことのある場所に限り渡ることができる。が、あのホテルの定礎によると、先王様が先代聖霊(セアル)を伴って世界を旅したときには、あのホテルはまだ建てられておらなんだ」

「コッペリウス氏ちゃんの部屋に転移して、氏を攫(さら)ってまた転移、という手段は不可能、ってことねェ」

「左様。そもそも聖霊(セアル)はヱーテル総量が少ない。あやつに【長距離瞬間移動(グランドテレポート)】でここまで来させてしまうと、もうそれだけであやつは消滅寸前にまでヱーテルを消耗してしまう。じゃから呼び寄せるにしても、列車での旅になる。これには丸一日以上がかかる。呼び寄せたところで、聖霊(セアル)はヱーテル体ではないから、そなたの亜音速機動にはついてゆけぬ。それに、聖霊(セアル)には桂首相閣下を助ける仕事を与えておる。聖霊(セアル)が不在になって困るのは日本じゃろう？」

「あっ、それは確かに困るわァ～ん。【瞬間移動(テレポート)】持ちがいるといないとじゃ、外交速度が全然違うもの。う〜ん……何かないかしら。――あっ」神威がぽんっと手を打った。

「皆無ちゃん！　皆無ちゃん名誉元帥閣下がいるじゃない！」

「おおっ、そうであった！」

皆無。ヱーテル体にして、全ての地獄級魔術を操る稀代(きたい)の天才。

　璃々栖は立ち止まり、しゃがみ込む。皆無と視線を合わせる。

「ママ？」

　皆無が首を傾(かし)げる。可愛(かわい)い、と璃々栖は思う。

「皆無や。そなた、【瞬間移動(テレポート)】は使えるかの？」

「てれぽぅ……なぁに？」

　言いながら、皆無が璃々栖に抱き着いてくる。抱っこでなかったのが寂しかったのか。

「これではのぅ」璃々栖は苦笑する。「じゃが、こやつ昨日に比べて背がぐんと伸びておるし、ぐずることも少のぅなった。もう数日もすれば、元に戻るのではないかと思う」

「つまり、どの策も結局、数日はかかる、と」

「左様。――ならば」璃々栖は勢いよく立ち上がる。その目は、深紅の瞳は、闘志に燃え上がっている。「その数日で以(もっ)てコロセウムを駆け上がり、チャンピオンになってしまおうではないか！」

璃々栖は懐から引札を取り出す。そこに記されているのは、

「勝者は敗者に、何でも一つ言うことを聞かせられるというルールになっておる。マイスター・フランツを下し、コッペリウス氏の身柄を要求するのじゃァッ！」

❖　　❖　　❖

夕刻／街外れの騎乗人形工房／璃々栖

「たぁっか⁉」璃々栖は白目を剝いた。

何軒もの騎乗人形工房を渡り歩いたが、どの工房も品切ればかり。やっとの思いで見つけたこの工房の、最後の一点である型落ちディアボロス。

動力はなんと、二世代前の蒸気機関。改装も施されていないディアボロス一一型乙式である。今日の試合に出ていた七三型から見れば、半世紀以上昔の遺物。どう見ても産業廃棄物寸前。むしろ金をもらって引き取ってやろうか、と言いたいほどの骨董品である。

それが、

「何故にこうも高いのじゃ⁉」

【収納空間】の中に眠る璃々栖の全財産——通貨と宝飾類を全部使って何とかかんとか買

えるかどうか、というほどの値段に吊(つ)り上がっていた。

「マイスター沙不啼(サブナツケ)の死去で」悪鬼(オーガ)の店主が溜息(ためいき)とともに言う。「部品供給が途絶えちまってな。人形界隈(かいわい)は何処(どこ)も火の車さ」

そう。目の前のディアボロスにも、そして工房のそこかしこに転がっているどの部品にも、

『SABNACE』


という刻印が入っている。

言わずもがな沙不啼(サブナツケ)。阿栖魔台王(アスモデウス)を裏切り、殺害した沙不啼(サブナツケ)。璃々栖の腕を斬り落とした沙不啼(サブナツケ)。皆無が完膚なきまでに殺害・破壊し尽くした、あの沙不啼(サブナツケ)である。

人形造りの天才・沙不啼(サブナツケ)は、阿栖魔台(アスモデウス)移動城塞の管理人であると同時に、世界的な自動人形(オートマタ)・騎乗人形(セミオートマタ)メーカーのオーナーであった。

「この一点が残ってるのも、奇跡みてぇなモンなんだぜ？　本当はバラして部品にしちまいたいくらいなんだ」

「沙不啼(サブナツケ)め！」店主には聞こえないように、小声で毒づく璃々栖。「死してなお、予(よ)の覇

道を阻むか！」

「殺した張本人が何を言っているのかしら」隣では、小声の神威が白目を剝いている。

「これでスッカラカンじゃァ！　今宵（こよい）の宿もままならぬ」

言って、カラカラと笑う璃々栖。腕を失くしたあの夜からというもの、毎日のように死線をくぐり抜けてきた璃々栖にとり、この程度の事態は嘆くにも値しない。

「でも」ディアボロス一一型を載せた台車を押しながら、神威が聞いてくる。「試合に勝てればコロセウムのホテルに泊まれるんでしょう？」

「左様。ではさっそくエントリーしに征（ゆ）こうぞ」

すっかり暗くなり、【灯（トーチ）】が【付与（エンチャント）】された大通りを歩くことしばし。璃々栖たちはコロセウムに至る。

意気揚々とコロセウムに乗り込んだ璃々栖だったが、

「夜の部のエントリーは、もう締め切ったよ」

受付ボーイのすげない言葉に目を剝いた。

「えええッ⁉　そ、そこを何とか！」

　そのとき、受付ボーヰの念話（テレフォン）が鳴った。

「はい受付。え？」受話器を置いたボーヰがニヤリと笑って、「ちょうど一枠、棄権が出た。入るかい？」

「是非に！」

「急いだ方がいい。試合は五分後だよ」

「「五分っ⁉」」

　璃々栖と神威は大慌てで選手控室に駆け込む。ディアボロス一一型の巨体を運び込むが、

「ところで璃々栖ちゃん陛下、騎乗なんてしたことあるのォん？」

「小型機ならば乗ったことがある。ちょっとそっちを向いて給（たも）れ」

　璃々栖は自身を形作るヱーテルの濃度を下げていく。

　ヱーテルは臍（へそ）の下、『ヱーテル核（アッシャー）』から発生し、血液の如く霊体（アストラル）を駆け巡るものである。通常、霊体（アストラル）生物は物理界の物に触れることができない。が、ヱーテルの濃度が一定以上になると、ヱーテルがまるで肉体のように質量を帯び始める。これを『受肉（マテリアラキズ）』と言う。皆無たち人間世界では、受肉（マテリアラキズ）した悪霊（デーモン）のことを悪魔と呼んでいた。

　璃々栖の肉体がやや透け始める。同時に璃々栖の肩から衣類が落ちていった。ヱーテル

濃度を下げたことで受肉状態が解除され、物理界由来の服が、璃々栖をすり抜けたのだ。

璃々栖はその状態で、全長五メートルのディアボロス一一型の中に入り込む。

璃々栖が過去に乗ったことがあるのは、全長二メートル程度の『人型小型機』。あれは『騎乗する』というよりも、『分厚い全身鎧を着込む』感覚に近かった。璃々栖は、ディアボロスも似たようなものだろうと考えていた。が、

（お？　おおお？　まったく動かぬ）

「もうそっち向いてもいいかしらァ～ん？　……って、何してるのォん？」

ディアボロスの中に潜り込んではみたものの、ディアボロスが一向に動かない。小型機とはまるで違って、ディアボロスには腕の一本だけでも璃々栖の全身が潜り込めるほどの大きさがある。

璃々栖は試しに、ディアボロスの体内を泳ぐようにして進み、片腕に到達する。指の一本に腕を潜り込ませ、力任せに動かしてみた。

「あ、今、小指が動いたわよォん。でも、それだけみたいね」

「チーム『アリス』の皆様、まだですか？」係員が控室に入ってきた。「あと二分以内に出てこないと、失格になりますよ」

「ぷはぁっ！」璃々栖は慌ててディアボロスから顔を出し、「だ、大丈夫じゃ！　すぐに

行くから！」

「急いでくださいね」

璃々栖はディアボロスの背中から飛び降り、体内のエーテル濃度を高めてから、床に落ちていた羽織とトレンチコートを着る。コートのボタンを付けてから、

「神威殿、どうしよう⁉」

「えぇ〜〜〜〜っ⁉」神威が白目を剝く。「乗れるんじゃなかったの⁉　璃々栖ちゃん陛下、しっかりしてるのか抜けてるのか、どっちかにしなさいよォ！」

「そうは言われてもじゃな」

「チーム『アリス』さん、あと一分ですよー」

「あわわ、どうすれば……」困り果てた璃々栖が天を仰いだ、

――そのとき。

「ぼく、わかるかも！」

皆無が叫んだ。皆無の体があっという間に透過し、衣服が床に落ちる。皆無がディアボロスの中に飛び込んだ、
途端、

――ガションガションガションガション

ディアボロスが動き始めた！　ぎこちない動きではあるものの、台車から降りて、闘技場に向かって歩き出す。

「さっすが皆無！　予の息子！」璃々栖は小躍りする。「天才！」

璃々栖は皆無が騎乗したディアボロスの後ろをついていく。

「アリスちゃん、顔！　顔！」

「ぬおっ、そうであった」璃々栖は頭巾を目深に被る。「では行ってくる」

神威は控室で留守番だ。

「両者、騎乗を解いて整列してください」

闘技場の対岸、対戦相手も型落ちのディアボロスだ――それでも、こちらの機体よりは幾分マシな造りだが。

（んっふっふっ……相手は素人のようじゃァ）

相手方の騎乗技師（パイロット）が、機体から上手（うま）く降りられずにわちゃわちゃしている。愛する我が子はというと、

「皆無ぁ!?」

やはりわちゃわちゃとしていた。ディアボロスの手足をせわしなく動かしているのだが、一向に皆無が降りてこない。

「まったく、手の掛かる……」

璃々栖はディアボロスによじ登り、半透過させた腕を機体の首根っこ辺りに突っ込む。

「どれじゃどれじゃ……コレじゃァ！」

そうして、全裸の皆無を勢いよく引っこ抜いた。【収納空間(アイテムボックス)】から手ごろな外套(がいとう)を取り出して、着せてやる。

「レディース・アーンド・ジェントルメン！　お待たせいたしました！　ただいまよりEランク第一試合を始めます！　挑戦者は期待の新人、マイスター・アリス&パイロット・カンナ！　対するは――」

アリスとカンナというのは無論、偽名である。

「それでは両者、騎乗してください」

外套を脱ぎ捨てた皆無が、再びディアボロスの中に飛び込んでいく。

「レディー・ファイト！」

試合が始まった。

皆無機がもたもたと歩き出す。相手機もぎこちなく歩き始める。両者、おままごとの決闘ごっこか何かのように、ゆっくりゆっくりと闘技場中央へ歩いていく。先ほど見たチャンピオン・バエル対熟練ディアボロスの試合とは比較にならないほど、未熟な試合だ。

剣の届く距離まで近づいてから、皆無機が剣を振り上げた。が、握りが甘かったのか、剣がすっぽ抜けてしまい、敵機の足元に落ちる。すかさず敵機が剣を振り上げ、踏み込んできた！

……地面に転がった剣の上に。

敵機が盛大にすっ転んだ。その隙に何かをしようとした皆無機だったが、結局は上手くいかず、大盾ごと敵機の上にすっ転んだ。敵機が動きを封じられた。

「しょ、勝者、マイスター・アリス＆パイロット・カンナ！」

「さ、作戦どおりじゃァ！」璃々栖は白目を剝きながら笑った。

❖　❖　❖

続く二試合目で、

「皆無ぁ〜〜〜〜ッ⁉」

全長十メートル近い巨人――対戦相手である人型大型機『ヱリゴール』に、皆無機は空高く放り投げられた。

——ガラガラガッシャーンッ!!

ボロ雑巾のように地面を転がるディアボロス一一型は手足があらぬ方向にねじ曲がっており、継戦能力は残されていないように思われた。

夜／路上／璃々栖

「王たる予(よ)が野宿じゃと!?」璃々栖は頭を抱える。「兎(と)に角(かく)、この人形を直さねば！」

幸いにして、皆無自身に大事はなかった。が、

「直るかしらァ、コレ？」

台車の上に載せられた、産業廃棄物同然の鉄塊を眺めながら、神威が唸(うな)る。

「直してもらわねば困る。兎に角、さっきの工房へ行くぞ」

と、急いで夜道を駆け、閉店間際の工房に駆け込んだ璃々栖たちであったが、

「こりゃあ無理だぜ。どう見てもスクラップだな」

悪鬼(オーガ)の店主の答えはすげないものだった。

「そこを何とか！」

「今なら無料で引き取ってやるぜ。廃棄料金がかからねぇだけ、ありがたいと思うんだな」

怪力の店主がディアボロスを担ぎ上げ、工房の裏手へ歩き出す。

「やめよ！」ディアボロスにしがみつく璃々栖。「やめるのじゃ！　うわぁあああッ！」

だが、店主は容赦なくディアボロスを運ぶ。璃々栖は涙を流しながら、情けなくも引きずられていく。皆無が後からついてくる。

工房の裏手はスクラップ場になっていた。うずたかく積み上げられた人形の墓場に向かって、店主がディアボロスを放り投げる。

「嗚呼(ああ)ッ！　予のディアボロスがぁあああッ！」

スクラップの山が崩れ、皆無の前に小柄な自動人形(オートマタ)が転がり落ちてきた。

「この子、だぁれ？」

見た目に似合わず怪力の皆無が、その自動人形(オートマタ)を立たせる。

不思議な雰囲気を持つ人形だった。

全長は一三〇サンチばかり。海色の髪は首の辺りで綺麗に切り揃(そろ)えられている。顔はあどけなさを残した少女を象(かたど)っていて、大きな二重瞼(ふたえまぶた)の中にはめ込まれた瞳は、髪と同じく海のような幻想的な碧色(あお)。今は油と埃(ほこり)にまみれているが、洗えば愛らしい顔立ちになるだろう。

　人形らしく、首や手足、指などの関節部には球体が入っている。服装は、裸同然の布切れ一枚。

「そいつぁゴミさ」店主が溜息（ためいき）をつく。「動かねぇし、ネジ穴が全部隠されていて、分解すらできやしねぇ。三週間ほど前に阿栖魔台（アスモデウス）王国から流れてきた一点物だったから、さぞ名のある貴族が作らせた特注品かと期待したのに、とんだハズレだったぜ」

「もらってもいい？」

「ああん？　あー……」店主が、ゴミ山に捨てられたディアボロスにすがりついて大泣きしている璃々栖を見て、「まぁそうだなぁ。さすがに可哀（かわい）そうだし、廃棄も面倒だし……いいぜ、そいつはタダで譲ってやるよ」

❖　❖　❖

夜半／公園／璃々栖

「あはァッ！　よもや本当に野宿する羽目になるとはのぅ！」

　みっともなく大泣きしたのも早々に忘れ、璃々栖は意気揚々と野宿の準備を始める。切

り替えの早さこそ、璃々栖の真骨頂である。

「璃々栖ちゃん陛下、野宿なんてできるのォん？　って、あらあらあらあら、なんて立派なテント！」

　璃々栖が虚空から引っ張り出した軍用テントを見て、神威が目を白黒させている。

「ふふん。まぁ、【収納空間（アキテムボックス）】だけは自慢なのじゃ」

　璃々栖の【収納空間（アキテムボックス）】の中には、旅の道具——陸軍大臣からもらった軍用テントや野外活動用具、戦闘糧食などが大量に入っている。

　物を入れれば入れるほど、維持にかかるヱーテル量が増えていく【収納空間（アキテムボックス）】であるが、何しろ璃々栖はヱーテル総量五億のヱーテルお化け。眠ったり喰（く）ったり娯楽を嗜（たしな）んだり、という『楽』に該当することをしている間、ヱーテルというやつは少しずつ自然回復していく。『少しずつ』と言っても璃々栖の場合は元の器が五億なので、自然回復量も莫迦（ばか）みたいに多い。

　結果として、璃々栖はほとんど容量を気にすることなく【収納空間（アキテムボックス）】が使えるのだ。

「本当に便利ねェ。師団に一人欲しいわァ〜ん」

「大容量の【収納空間（アキテムボックス）】持ちがおれば、海上輸送・海上護衛要らずになるからのぅ。じゃが、予一人で一個師団分の兵站（へいたん）を支えるのはさすがに無理じゃぞ」

「どの道、国際法違反だけれどねェ」神威がテント設営をしながら、首を傾(かし)げる。「ところで璃々栖ちゃん陛下、アレ、何？」

「あー……」璃々栖は溜息をつく。


「へぇ～！　キミ、エキャンバスってなまえなんやね！」


公園の片隅で、皆無が人形遊びをしている。直立不動のまま物言わぬ自動人形(オートマタ)に対し、しきりに話しかけているのだ。

「おんなの子っぽくないなまえ。え、気に入ってるのに？　ごめん……」

「皆無！　かーいーな！　そなたもこっちに来て準備を手伝うのじゃ」

「えー、でも」皆無が上着を脱ごうとしている。「エキャンバスが、さむいって」

確かに、十二月の夜は大層冷え込むが、

「いや、人形に寒いも暑いもないじゃろうに……」

皆無が工房からもらってきた自動人形(オートマタ)は、微動だにしない。

(自動人形(オートマタ)……じゃよな？　じゃが動かないということは、騎乗人形(セミオートマタ)の可能性も)

『人形』には、二種類ある。

一つは、『騎乗人形』。これは人が乗り込んで操縦する人形で、戦闘や土木工事などに用いられる。大きさや形状は用途によって様々だが、人型の小型戦車でも二メートルはある。上は、今日、皆無機を滅茶苦茶にしてくれた大型機『ヱリゴール』の十メートル。量産品以外だとさらに大きな機体も存在するのかもしれないが、寡聞にして璃々栖は知らない。

もう一つは、命令文によって半自律的に動く『自動人形』である。これは主に家事手伝いや接客業に使われるため、成人女性・成人男性程度の大きさが一般的である。

（この大きさじゃから、普通に考えれば業務用または愛玩用の自動人形なのじゃが）

疑問は尽きないが、少女の姿をした者が裸同然の恰好では外聞が悪い、というのは確かである。璃々栖は虚空から着替えを引っ張り出す。落ち着いた色合いの、女児用の洋服と侍女服の中間のような衣装。璃々栖が、皆無に着せようという悪魔的な計画とともに買い集めている服飾のひとつである。同じく虚空から取り出した裁縫道具で、ささっと袖と裾の長さを直してしまう。片腕しかない璃々栖だが、小印章が刻まれた自身の腕を取り戻したことにより、今の璃々栖は【念力】が使える。

「ほれ皆無、コレを着せてやって給れ」

「ママ、ありがとう！」

「～～～～ッ！」息子の笑顔が眩しい璃々栖である。

皆無が人形に服を着せようとする。が、

「かった～い！」

皆無が関節を曲げさせようとしても、ピクリとも動かない。

しばらく人形にペタペタと触れたり、人形によじ登ったりしていた皆無であったが、

「え？」急に笑顔になった。「のってもええの？」

「乗る……？　皆無、そなた何を――え？　えええええッ⁉」

璃々栖は瞠目(どうもく)した。半透明になった皆無が、人形の中に潜り込んだからだ。そして、人形が動き始めたからだ！

「わぁああ！　すごいすごいすごーい！」

皆無が騎乗した人形が、ぴょんぴょんと飛び跳ねる。それも、数メートル近く。

「な、ななな……⁉　こやつ、騎乗人形(セミオートマタ)なのか⁉　それにしても、なんと素晴らしい性能！」

「あらァ～、何だか凄(すご)い拾い物をしたみたいねェん」神威が微笑(ほほえ)む。「これなら、コロセウムに再挑戦できるんじゃないの？」

（勝てる）物凄(ものすご)い速さで公園内を駆け回る人形――ヱキャンバスに見入りながら、璃々栖は笑う。（この戦、勝てるぞ！）

❖　❖　❖

翌十二月三日、朝／コロセウム選手受付／璃々栖

「また来たのか、アンタら」

「雪辱戦じゃァ！」

璃々栖はヱキャンバスで朝の部にヱントリーする。璃々栖たちによって体を磨かれたヱキャンバスが、まるで光り輝いているかのように見える。勝利の輝きだ。

「チーム『アリス』の皆様、入場してくださーい」

「征くぞ、皆無！」

「うーん……」ヱキャンバスに騎乗した皆無が、ヱキャンバスの体で首をひねる。「なんか、うごきにくい」

「緊張しておるだけじゃろう。ほれほれ」皆無・ヱキャンバス機の背を押して、入場する。

「………げっ」

璃々栖の口から淑女らしからぬ声が出た。対戦相手が、昨日の巨人『ヱリゴール』だったからである。

「あぁん？」対戦相手がヱリゴールの発声装置から声を発した。「嬢ちゃん、昨日ぶん投げたディアボロスのマイスターか？　そぉんなちっこい機体を連れてきて、またぞろぶん投げられてぇのか？」

「は、はん！　昨日までの予たちと同じじゃと思わぬことじゃ！」

「両者、騎乗を解いて整列してください」

皆無がヱキャンバスから降りてくる。相変わらず、皆無が首を傾げている。何やら違和感があるらしい。

（大丈夫じゃろうか……いや、昨晩見せて呉れた機動力を発揮すれば、必ずや勝てるはずじゃ！）

「それでは両者、騎乗してください。——レディー・ファイト！」

十メートルの巨人ヱリゴールが、ずしんずしんと動き出す。一方の皆無・ヱキャンバス機も動き出し——

「あ、あれ……？　からだ……うごかへん……」

ヱキャンバス機がすっ転んだ。

「皆無⁉」璃々栖は慌てるが、昨日のうちに覚えておいたルールを思い出し、「タイム！　タ〜イム！」

試合中に一度だけ使える、試合中断を申し出る。そのまま皆無に駆け寄って、

「どうしたのじゃ⁉」

「ち、ちからがはいらへん」

「【万物解析(アナラキズ)】！　これは……ヱーテル切れ？　皆無が騎乗しているのに？　訳が分から
ぬが――ヱーテル供給ならお手の物じゃァ」

璃々栖は皆無・ヱキャンバス機を仰向(あおむ)けにさせ、ヱキャンバス機に口付けする。途端、
璃、々、栖、の、丹、田、か、ら、ヱ、ー、テ、ル、の、塊、の、よ、う、な、モ、ノ、が、飛、び、出、し、て、き、て、皆、無、・、ヱ、キ、ャ、ン、バ、ス、機、の、
中、に、流、れ、込、ん、で、い、っ、た。

ヱキャンバスの体が、輝き始める。

「たたかえそう！」皆無・ヱキャンバス機が勢いよく立ち上がった。「かてる気がする！」

「てめぇみてぇなチビ助にぃいいいッ！」ヱリゴールが、巨岩の如(ごと)き拳を振り下ろしてき
た。「負けるかよぉ！」

「皆無――ッ!!」

璃々栖は、自分の身の危険も忘れて皆無を庇(かば)おうとする――。

が、

「――だいじょうぶや、ママ」

その必要は、なかった。

皆無・ヱキャンバス機が、ヱリゴールの拳を楽々と受け止めたからだ。そのままヱリゴールの人差し指を全身で抱え込み、

「おぉぉぉおおおおおりゃぁあああああああああああああっ!!」

ヱリゴールを、空高くぶん投げた。

圧勝だった。

続くEランクの二、三回戦を楽々と勝ち抜き、午後のDランク戦をこれまた連戦連勝した璃々栖たちは、一夜にしてCランクに到達した。

「さすがは予の息子じゃァ！」

コロセウム隣のホテルの一室。大きなダブルベッドのある十数畳間で、璃々栖は皆無を思いっきり抱きしめる。この、『皆無を抱きしめる』という行為が、璃々栖は他の何よりも好きだ。たとえ皆無が斯様(かよう)に小柄になってしまったとしても、その快感は変わらない。

「普通」神威が苦笑する。「母親は、息子に口付けなんてしないと思うのだけれどォ」

「細かいことは気にするな。ほれほれ皆無、そなたの大好きな乳房じゃぞ」

　ベッドに皆無を招いてから腕を開いてやると、皆無がもじもじしてみせてから、思いっ切りこちらの胸に飛び込んできた。璃々栖は皆無を抱きしめながら、皆無の髪の匂いを堪能する。

「ママ」

「すんすん……ん、何じゃ皆無？」

「ヱキャンバスも褒めてあげて！」

「ん？　おお、そうであったな！」

　見れば、自動人形ヱキャンバスが壁際に突っ立っている。所在なげな様子で、ポリ、ポリ、と背中を掻いている。

　第一試合以降、ヱキャンバスは自分自身で動けるようになった。もらった当初、微動だにしなかったのは、燃料であるヱーテルが切れてしまっていたのが原因であるらしい。璃々栖が得意の【魔力譲渡】でヱーテルを注ぎ込んでからというもの、こうして自分の足で歩くようになった。

　もっとも、感情を表現する機能は備わっていないらしく、表情が変わることはない。それに、一言も喋らない。無口な個体なのか、喋る機能が備わっていないのか。

「ふむ……」

璃々栖はそんなヱキャンバスを観察する。無表情だし無口だが、この少女型自動人形（オートマタ）には何やら妙な人臭さを感じる。

（何なんじゃろう、この違和感……あっ、背中を掻（か）いておるからか！　普通、家事手伝いや接客を営む自動人形（オートマタ）に、『背中を掻く』などという行為は不要じゃからのぅ）

それに、皆無が——幼児退行中とはいえ、愛する男性が——まるで生きているかのように扱っているのが、気になる。

「普通、自動人形（オートマタ）にはヱーテル核——つまり『魂』がないはずなのじゃが。【万物解析（アナライズ）】」

璃々栖は地獄級鑑定魔術を纏（まと）った瞳でヱキャンバスを視（み）る。が、「痛っ、拒絶された、じゃと!?　何じゃこの強固な【対魔術防護結界（アンチマジカルバリア）】は!?　……皆無や、こやつは生きておるのか？」

「生きとるよ！　ねーっ」

皆無の言葉にヱキャンバスが、コクコクコクコク！　と猛烈な勢いでうなずく。その動きは非常に高速であり、如何にも人形的である。

「よう分からぬが……ヱキャンバスや、そなたも大儀であったな！」

皆無が拾った、謎多き人形。だが、使えるものならば何だって使う。一ヵ月前——腕を失くしたあの夜に、璃々栖はそう決めたのだ。

❖　❖　❖

夢／璃々栖

好々爺、という表現がぴったりな、穏やかな顔だった。

「エーテル総量はからっきしなのですが、あの子の技術力は本物。三歳にして、儂の人形をバラバラに分解してから、再構築してみせたのです」

「ふぅん」璃々栖はそっけなく返事をする。

騎乗人形訓練の、合間でのことだったと思う。何年前の出来事だったか、まどろみの中にいる璃々栖には判然としない。

が、沙不啼の笑顔だけは鮮明に覚えていた。孫について語る沙不啼はとても嬉しそうで、そのときばかりは、彼は平々凡々としたお爺ちゃんの顔をしていた。

「まだまだ未熟者ですが、生き延びる目途がつきましたので、真名を与えました」

「真名」

「可愛い孫がおりましてな」

子供が成人したときに名乗る名のことである。斯く言う璃々栖の名、『璃々栖』は真名ではなく幼名。璃々栖は王位を継いだそのときに、真の名である『阿栖魔台』を襲う予定になっている。

「どんな名前を贈ったのじゃ？」

「ははっ」沙不啼が恥じ入るように笑った。「あの子は本物の天才です。技術力こそ沙不啼家の本懐。いくらエーテル総量で劣っていようとも、儂はあの子に沙不啼の座を譲るつもりでおります。ですから、誠に恥ずかしながら、あの子には沙不啼家を背負うような名を授けました。いつかきっとあの子が名を上げ、あの子の名こそが、逆に沙不啼の代名詞になるような日がくることを望みます」

結局、どのような名を付けたのかは、教えてもらえなかった。

❖　❖　❖

不吉とも言うべき夢を見た。叛逆者・沙不啼の夢。

（じゃが）涙を拭い、璃々栖は身を起こす。（懐かしい夢じゃったのぅ。沙不啼の奴、あのころから既に叛意を持っておったのか……？）

今となってはもう、分からないことである。事実として沙不啼は裏切り、父は暗殺され、阿栖魔台王国は崩壊した。そうして沙不啼本人は、皆無という怪物によって完膚なきまでに殺され、破壊し尽くされたのだ。

（そういえばあやつ、孫に恥ずかしい名前を付けた、と言っておったな）

パイロット・コッペリウス。

『コッペリア』とは、言わずもがなオペラ座で上演されている有名なバレヱである。コッペリウスとは、可憐な自動人形コッペリアを造った博士の名だ。

（何よりも自動人形を愛したあの男が、最も技術力に秀でた子孫に与えるに相応しい名前。じゃが、如何にも気取っておるし力み過ぎな名じゃァ。贈られた方は堪ったものではないであろうな）

願わくば、コッペリウス氏の技術力が本物であってほしいものである。

（気になることも言っておった。『生き延びる目途』などと）

人間世界ほどではないが、魔科学技術の進んだ悪魔世界においても、出産・育児には相応の危険が伴う。様々な病や危険、災害、事故、犯罪、争い事。十人が十人全員、長じられるような世界ではない。

が、それはあくまで平民の世界での話。医療や安全に対して金に糸目をつける必要のない貴族家には、『生き延びる目途』という言葉は不似合いだ。

（エーテル総量が少ない、とも言っておった）

霊体（アストラル）生物である悪魔悪霊（デーモン）は、エーテルを失い過ぎると消滅してしまう。それは生まれたばかりの赤ん坊でも同じで、エーテル総量に劣る子は体が溶けて魂であるエーテル核が露出してしまい、そのエーテル核も、やがては宙に溶けてなくなるか、地獄の門番・綺麗毘麗（ケルベロス）の眷属（けんぞく）に回収されてしまう。

（確か沙不啼（サブナツケ）が、そういう子供たちのエーテル核を保護するための装置について研究しておった記憶があるが……）璃々栖は頭（かぶり）を振る。（分からぬことは、分からぬ。沙不啼（サブナツケ）は死んでしもうたのじゃから）

璃々栖は思考を『今』に戻す。

「んぅ……ママぁ？」ベッドの隣で、皆無が目をこすった。

「おはよう、皆無」璃々栖が微笑（ほほえ）みかけると、

「ん……おはよう、ママ」皆無が微笑み返してくる。

「おや？　我が子よ、随分と背が伸びたな？」

「そう？」

口調や立ち居振る舞いも、随分としっかりしてきているように思える。この様子なら、本調子に戻る日も遠くはないだろう。

壁際で直立不動のまま目を閉じていたヱキャンバスが、パチリと目を開いた。皆無のそばに歩み寄ってくる。

部屋の入り口では、ドアに背を預け、軍刀を抱きしめながら座り込んでいた神威が、ゆっくりと立ち上がるところだった。

（まるでジャパニーズ・サムライじゃなァ）

璃々栖はベッドから飛び出す。

「さぁ、今日も征くぞ！　予の覇道に向けて！」

❖　❖　❖

十二月七日、日中／コロセウムのホテル・Sランクスイートルーム／璃々栖

順風満帆。

腕を失ってから苦難続きだった璃々栖にとり、この数日は順風満帆を絵に描いたような日々だった。

毎日、連戦連勝し、瞬く間にBランク、Aランクへと駆け上がっていった。試合を終え、ホテルに戻ってくる度に部屋が豪華になった。ベッドが大きくなり、風呂とトイレが付くようになり、呼び鈴一つで贅を尽くした食事が出るようになった。そうして今や、璃々栖たちが過ごしているのは誰もが羨むSランクのスイートルーム。

順風満帆。

腕を失くしたあの夜以来、過酷な運命の風に翻弄され続けてきた璃々栖にとり、何もかもが上り調子のこの日々は、日本で覚えた『順風満帆』という言葉のとおりであるように思えた。

(明日は遂に、チャンピオンと相まみえるSランク最終戦じゃァッ!)

ガラス張りの窓から下界を睥睨する璃々栖の背後では、

「ヱキャンバス、ここ、どうしたらええと思う?」

床一面にガラクタを広げた皆無が、ヱキャンバスに何やら相談している。

見れば、ヱキャンバスの右腕がぱっくりと二つに割れていて、中から巻物が飛び出している。皆無がその巻物——人形への命令文が刻まれた穿孔紙と睨めっこをしている。

『穿孔紙』とは魔導機械への命令文を『孔』という形で穿ったもので、紙オルゴールのような見た目をしている。だが、穿たれているのは曲ではなく、極めて高度な命令文だ。

「ふんふんなるほど！　ここの処理を分岐させればええんか！　さすがヱキャンバス！天才！」

皆無の言葉に対してコクコクコクコクコクとうなずいたヱキャンバスが、パンチカードへ新たな孔を穿つ。

（器用なものじゃのぅ。まるで一流の絵描きがキャンバスに絵を描くような。ん？）ふと、下らないことを思いつく璃々栖。（キャンバスの絵……ヱキャンバス……ぷぷぷ）

一人恥ずかしくなって、頭を振る。

（ヱキャンバス——名前も珍妙じゃが、存在自体が実に珍妙な奴じゃ）

自動人形（オートマタ）なのに、同時に騎乗人形（セミオートマタ）。メーカーの刻印はなく、製造元は不明。ネジが全て体表の内側に隠されていて分解ができない。かと思えば、自らの意志であのように内部からパンチカードを取り出すこともできる。

「ほうほう、ここの処理をファンクションとして切り出して、引数によって異なる挙動をさせる？　すごい！　なんて美しい命令文（プログラム）なんやろう！」

璃々栖の視線の先では、皆無が興奮した様子でヱキャンバスを褒めちぎっている。何故（なぜ）あれで意思疎通ができているのか、璃々栖には皆目見当がつかない。いや、本当に意思疎通ができているのだろうか。あれはやはり、皆無の一人遊びなのではなかろうか。

「店長さん、コレとコレとコレ、ください」

皆無が、隣に控えていた騎乗人形(セミオートマタ)工房の店主――ヱキャンバスをもらったあの工房の店主に注文する。

「へぇ。お買い上げありがとうございます！」

床に商材を広げている店主が、揉(も)み手でうなずく。

ヱキャンバスの体を改造する皆無とヱキャンバス、そしてその隣で皆無からの注文を待つ店主。この数日で、すっかり見慣れてしまった光景である。

数日前に、皆無が『ヱキャンバスを改造したい』と言い出した。いや、正確には『ヱキャンバスが、自身を改造したがっている』だったか。賞金で財布が暖まっていた璃々栖に否やはなかった。

そうしてヱキャンバスの改造を始めた皆無であったが、これが驚くほど上手(うま)く嵌(は)まり、連戦連勝を続ける要因となった。何しろ、足に車輪を付けて猛烈な速度で走行したり、腰に噴進式(ジェット)ヱンジンを搭載して空を飛び始めたりと、試合に出る度に破天荒で予想外なことをやってのける皆無・ヱキャンバス機であるから、対戦相手の誰もが有効な対策を打てずにいるのだ。

「ほなヱキャンバス、腕にこの部品嵌めてみて」

コクククコクク！

「どない？　ん、違和感あるって？　ハードとソフト、どっちの問題か分かる？」

コクコククコク！

「ソフトか。店主さん、この部品の命令文、ちょっと書き換えてもええですか？」

「そりゃもう！」揉み手の店主。「そちらは既にお買い上げいただいたものですし、カンナ様とヱキャンバス様の腕前なら何の心配もいりませんよ！」

「ありがとう！　ほなヱキャンバス」

コクコククコク！

ヱキャンバスが部品の蓋を開け、中からパンチカードを取り出す。無数の孔が開いているパンチカードと睨めっこしていた皆無とヱキャンバスがやがて、

「ここと、ここかな？」

コクコクククコク！

「え、ここも？　さすがはヱキャンバス！」

新たな孔を穿ち始める。

「さすがはカンナ様とヱキャンバス様！」

揉み手の店主。だが、店主の様子は単なるおべっかには見えない。どうもあの店主、本

気で皆無の技術力に惚れ込んでいるらしい。

（熟練の技師を心酔させるとは！）

　璃々栖は舌を巻く。皆無がぱぱっと眺めて改修個所を見定めたパンチカードには、まさしく『無数』としが表現し得ないほどの量の孔が穿たれている。璃々栖は沙不啼から人形工学の『さわり』を学んだことがある。が、そんな璃々栖の目から見ても、皆無のやっていることはあまりにも高度過ぎて、何が何だか分からない。

　皆無曰く、この技術は全てヱキャンバスが教えて呉れたのだという。だが、璃々栖はそれを信じていない。皆無が言うところの『生きている自動人形』というのが、どうしても信じられないからである。だから璃々栖は、あれは未だ幼児退行から抜け切れていない皆無の、おままごとなのだろうと判断している。

（まぁ皆無の奴は、普通に天才じゃからのぅ）

　ヱリート揃いの大日本帝国陸軍第零師団第七旅団において、最年少少佐。弱冠十三歳で三人の部下を持っていた神童。日本語以外に英語と仏蘭西語と独逸語を使いこなす天才。今更、扱える言語——命令文言語——が増えたところで驚くに値しない。

（その分、人付き合いが苦手で精神面が未熟なところが玉に瑕じゃが……そこはまぁ、予が支えてやればよいだけのことじゃ）

それに、今の皆無には【三千世界（ブッダ・セッタラ）】がある。地獄級魔術【万物解析（アナラキズ）】をも上回る、この世の全ての叡智（えいち）に触れることができる秘術【三千世界（ブッダ・セッタラ）】。あの謎の超技術も、皆無が【三千世界（ブッダ・セッタラ）】で引き出してきて、それをおままごととしてヱキャンバスにやらせているに違いない。

「できたぁ！」

コクコクコクコク！

「さすがはカンナ様とヱキャンバス様！」

見れば、ヱキャンバスの右手首に何やらゴテゴテとした部品が追加されている。

「カンナ、何ができたのじゃ？」

不用意に近づいたのが拙（まず）かったのかもしれない。

「噴進式鉄拳（ロケットパンチ）ッ!!」

ヱキャンバスの右手が、いきなり射出された。拳の先にあったのは、璃々栖の額。

「あぎゃッ!?」

拳をまともに喰（く）らった璃々栖は、受け身も取れずに引っくり返る。

「ママ!?」

「ぐ、ぐぉぉおおお……！」

淑女らしからぬ声を上げながら、床を転げまわることしばし。

「かい――カンナ！」飛び起きた璃々栖は、皆無の頭にげんこつを降らせる。「何をやっておるのじゃ！」

未だ幼児退行から戻り切っていない皆無が、ぎゃーぎゃーと泣き始める。

「店主ちゃァん」入り口のドアにもたれ掛かっていた神威が、「悪いけど、今日はもう」

「そ、そうですな」店主が手早く荷物を纏めて、「私はこれにて」

店主が出ていってから数分ほどして、ようやく皆無が泣き止んだ。

「場所を考えよ、場所を！」璃々栖の叱責に、

「だって、ヱキャンバスがやりたいって言うから！」皆無が反論する。

璃々栖は多少の苛立ちを覚える。返事の論点がずれているのは、まぁいい。だが皆無の、ヱキャンバスに責任転嫁するかの如き発言は頂けない。

「人形の所為にするなど、情けない！　そのように育てた覚えはないぞ!?」

「でも、ホンマやもん！　ヱキャンバスが言うたんやもん！」

見れば、ヱキャンバスはいつものように背中を掻いている。背中を掻きながら、コクコクコクコクとうなずいている。

「『言う』といってもじゃなァ……」璃々栖は未だ、ヱキャンバスの声を聴いたことがな

い。「本当に？　ヱキャンバスが喋ったのか？」

「うん」

「うん、ときたか。いやそもそも、これほど高度な技術力を持った自動人形など聞いたことが……」

「せやから、ヱキャンバスは人形やけど人形やなくて、えっと、えっと……うぅぅ」

まだまだ舌っ足らずで、十分な意思疎通が図れない様子の皆無。だが皆無の主張は真実味を帯びている。

可哀そうになってしまった璃々栖は、皆無を抱きしめてやった。

❖　❖　❖

同日、夜／コロセウム／皆無

「いよいよこの日がやってきました！　流星の如く現れ、たったの五日でSランクにまで上り詰めてしまった超・超・超大型新人！　マイスター・アリス&パイロット・カンナ！　対するは――」

闘技場が騒がしい。が、皆無の心は穏やかだ。ヱキャンバスに騎乗した皆無は、無心で

『敵』を見据える。

コロセウム最強の敵——。

「チャンピオン、マイスター・フランツ&パイロット・コッペリウス！」

蜘蛛（くも）型多脚戦車『バヱル』が、静かに佇（たたず）んでいる。

「レディー・ファイト！」

戦が、始まった。

——パララララッ!!

バヱルの前面に備え付けられた全自動小銃が火を噴いた。

（【思考加速（クロックアップ）——二十倍】）

そのマズルフラッシュを目にした瞬間、皆無は魔術を使った。途端、銃弾が目で追える速度になる。

（【対物理防護結界（アンチマテリアルバリア）】）

自機の前面に広げた光の壁に、銃弾が弾（はじ）かれる。同時に、皆無は腰の噴進式（ジェット）ヱンジンに火を点（つ）け、足の車輪で以（もっ）て猛然と走り始める。横へ。その皆無機をバヱルの銃撃が追いかけていく。皆無機が闘技場の壁に到達し、皆無はそのまま壁を駆け上がり、観客席を覆っている【対物理防護結界（アンチマテリアルバリア）】の上を走り、天井へと至る。バヱルの銃撃を置き去りにする。

銃撃が、途絶えた。

（弾切れ？　――いや）

皆無は噴進式（ジェット）ヱンジンの出力を最大にし、天井から地上のバヱルに突撃する。

バヱルが皆無に銃口を向けた。マズルフラッシュ。

（知っとる！　弾は数えとった！）

皆無はヱキャンバスの左腕で、銃弾を受け流す。ヱキャンバスの体は非常に頑丈なのだ。

これは皆無が改造する前から、ずっとそうだった。

バヱルの銃撃が止む。今度こそ、欺瞞（ぎまん）ではなく本物の弾切れ。

（【収納空間（アキテムボックス）】！）

皆無は虚空からディアボロス用の片手剣を取り出す。廃棄されたディアボロス一一型の装備だ。全長一メートル三〇サンチのヱキャンバスに、三メートルもの長さを持つディアボロスの剣を握るのは不可能。だから皆無は、剣の柄（つか）を抱きかかえるようにする。そのまま、勢いよく体を捻（ひね）った。

――ズゥゥウウウウウウウンッ!!

轟音とともに石畳がめくれ上がり、膨大な量の砂埃が立つ。

剣は、バヱルには当たらなかった。避けられたのだ。

（――【万物解析】）

ヱーテルを纏った瞳で辺りを見回す。砂埃の中、バヱルが腹を天に向けながら宙に浮いているのが視えた。天に向けて射撃していた姿勢から、後ろ足で無理やり回避運動をしたためだろう。今にも背中から転倒しようとしている。

（なら追撃――うわわっ⁉）

【万物解析】から危険信号。バヱルの尻から白い糸が射出されつつある。

剣を持ち上げようとするが、地面にめり込んでしまっており、びくともしない。

（どうする、剣は捨てるか――？）

迷うべきではなかった。早々に捨てて、回避運動に入るべきだった。

粘度を伴った蜘蛛の糸が、皆無の腕にべちゃりと掛かる。

（う、動けない！）

皆無は腕と剣がくっついてしまって、動けない。

（ふんぬぬぬ！）

全身にヱーテルを行きわたらせつつ腕を引き剝がそうとすると、ぶちぶちぶちっという音とともに腕が剣から剝がれた。

（敵！　敵は何処(どこ)に――しまっ）

敵は、すぐ背後にいた。尻をこちらに向けている。皆無の足に、大量の糸が吹きかけられる。

皆無の周囲に数十枚の【対物理防護結界(アンチマテリアルバリア)】が展開される。バヱルの魔術だ。先日の、ディアボロス七三型乙式との対戦で見せたものと同じ戦術だろう。

バヱルが結界を足場にして、皆無の周囲を猛烈な速度で回り始めた。一方の皆無はねばつく糸に足を絡めとられ、立っているのもやっとである。

あっという間に、皆無は簀巻(すま)きにされてしまった。仰向(あおむ)けに転がる。

バヱルが皆無・ヱキャンバス機の右目に銃口を突きつけてきた。ガシャン、と新たな弾倉が装塡(そうてん)される音が聞こえる。

――絶体絶命。

（降伏するか？）

あり得ない。ママがそれを望んでいない。

（体は動くか？）

両脚は駄目。左腕も糸で絡め取られてしまっている。――が、

（右腕の、肘より先が動く！）

皆無は、右の拳を持ち上げる。こちらに馬乗りになっているバヱルの腹部に向かって、

（――噴進式鉄拳（ロケットパンチ）ッ!!）

右拳を射出した。

轟音。

バヱルのどてっ腹に大きな穴が開いた。日中の、試射のときとは火薬の量が違う。

バヱルが仰向けに転がった。ぴくりとも動かない。

皆無は体のバネだけで飛び起きる。全身にヱーテルを満たして腕を広げると、ぶちぶちぶちっという音とともに、少しずつ糸が切れていく。

「しょ、勝者……」司会の声が震えている。「勝者、マイスター・アリス＆パイロット・カンナ！　ニューチャンピオンの誕生だぁあ～～～～ッ!!」

歓声と怒号が、闘技場に満ちた。

十数分後／コロセウム／璃々栖

「さぁ、麗しきニューチャンピオン、マイスター・アリス！　敗者マイスター・フランツに何を望む⁉」

「あはァッ！」頭巾の下で、璃々栖は嗤(わら)う。「旧チャンピオンのパイロットを！　パイロット・コッペリウスの身柄を望む！」

「なっ⁉　そんな横暴な！」

マイスター・フランツが顔を真っ赤にして抗議するが、璃々栖は歯牙にもかけない。

「機体まで奪(と)られないだけ、ありがたいと思うがよい」

「そなた、次代の沙不啼(サブナッケ)か？」
ホテルの部屋に戻ってきて早々、璃々栖は問う。
「はい」奴隷から解放されたコッペリウスが、璃々栖に対して深く首(こうべ)を垂れた。「姫殿下におかれましては、ご機嫌麗しゅう。この度は我が家の者が大変なことをしでかしてしまい――」

「そういうのは良い」璃々栖は穏やかに笑ってみせる。「それよりも、大印章（グランドシジル）を見せて給（たも）れ」

「はい」

コッペリウスが背中を見せる。青白く痩せた背中には、確かに沙不啼家（サブナツケ）の大印章（グランドシジル）が描かれているが、

「ふぅん？　何というか、迫力がないのじゃな」

「我が家の大印章（グランドシジル）は、力の大半を阿栖魔台移動城塞（アスモデウス）に注ぎ込んでおりますから」服を着込みながら、コッペリウスが説明する。「いわば城側が本体であり、この背中に刻まれているものは、本体を起動させるための鍵に過ぎません」

「なるほどのぅ。さて、一段落ついたし、聖霊（セアル）に報告するか」

❖　❖　❖

「というわけじゃァ」

『陛下、大変お疲れ様でした』

「なぁに、いつものことじゃァ」

璃々栖は念話機（テレフォン）越しに、聖霊（セアル）と笑い合う。命懸けの旅も、全財産を失っての路上生活も、大逆転してチャンピオンの座に上り詰めるのも、璃々栖にとっては賑（にぎ）やかな日常の一部に過ぎない。

「それで、そちらはどうじゃ？」

『ははっ。旅順（りょじゅん）港では、露西亜（ロシア）による掃海艇の動きが活発になっているとのこと。あの方の予言どおり、十日の早朝に露西亜軍旅順艦隊が旅順港を脱出しようとする可能性は極めて大であるとのことです』

「ふむ。今夜はこのまま休んで、明日は朝から一日、鉄道の旅。時差を考えるとそちらに到着するのは――」

『こちらの九日早朝になるかと』

「十日まで丸一日あるな。阿栖魔台（アスモデウス）移動城塞を動かし、旧型艦艇を見繕って旅順へ送り出すには十分じゃァ」

「ちょっと待ってェ～ん」神威が口を挟んできた。「今すぐ帰りましょうよォ！」

「んお、どうした神威殿？」

「だってェ～ん。もう沙不啼（サブナッケ）家の大印章（グランドシジル）は見つかったんだから、さっさと日本に戻るべきだと思わなァい？」

「う～ん、それはそうなのじゃが」璃々栖は皆無を見る。「この調子だと、今夜寝て起きたら、皆無が完全に覚醒しそうなのじゃ。狭間を渡る際には、万全にしておきたい」

今や皆無の背丈はほとんど元どおりであり、先ほどの戦いぶりも見事であった。立ち居振る舞いも――昨日号泣したのを除けば――しっかりしてきている。だがそれでも、狭間を通る前には万全の状態に戻しておきたい。何しろ、行きにあのようなことがあったばかりなのだから。

「それに――」璃々栖は我知らずくねくねする。「母子ごっこができるのも、きっと今宵が最後じゃから」

『そっちが本命なんじゃないですか……』姿見越しに白目の聖霊。

「でもぉ～ん」神威もくねくねしている。

「どうした、神威殿。やけに喰ってかかるな？」

「分かったわよォ、もう！」

十二月八日、未明／コロセウムのホテル／璃々栖

とてつもない悪寒によって、璃々栖は目覚めた。飛び起きる。
目の前に、神威が佇(たたず)んでいた。
璃々栖は混乱する。神威が、抜身の軍刀を携えていたからだ。

「いい勘してるわねェ」

神威が、
軍刀の切っ先を、
璃々栖の首筋に添えた。

LILITH WHO LOST HER ARM

LILITH

LILITH WHO LOST HER ARM

Satanize

第参幕

同刻／同地／璃々栖（リリス）

「いい勘してるわねェ。七大魔王（セブンスサタン）としての未来予知能力が目覚めつつあるのかしら？」

璃々栖は咄嗟（とっさ）に、無詠唱魔術で夜目を利かせる。神威（かむい）が左手に持っている物を目にし、息を呑（の）んだ。

（巻物（スクロール）——【瞬間移動（テレポート）】のッ⁉）

この世に五つと存在しない、超貴重品。阿栖魔台（アスモデウス）城で厳重に保管されていたが、毘比白（ベヒモス）軍に根こそぎ鹵獲（ろかく）されてしまった物。それが今、神威の手の中にある。

つまり。

「いつからじゃ……？」

「喋（しゃべ）るな」

軍刀の切っ先が、璃々栖の首に入り込む。ちくりとした痛み。

「喋ったら殺す。動いても殺す。その魔術も今すぐ解除なさい。アナタに許されているのは、静かに呼吸することだけ」

言われたとおり夜目の魔術を解除しながら、その残滓（ざんし）を使って僅かに視線を動かす。

璃々栖の隣で眠る皆無（かいな）の外見が、十三歳相当の、本来の姿に戻っている。

「はぁ……だから、さっさと戻りましょうって言ったのに。皆無ちゃん元帥閣下が元に戻ってしまう、その前に」

巻物（スクロール）が光を帯び始める。

「すっごい貴重品なのよ、コレ？　できれば使わずに済ませたかったのに」

それはそうだろう、と璃々栖は思う。【瞬間移動（テレポート）】の巻物（スクロール）は代々の聖霊（セアル）家当主にしか作成できない。それも、一個作成するだけで十年はかかる。

（だから皆無が万全になる前に、日本に戻ろうとした？　狭間の空間に罠（わな）でも張っているのか？）

――罠。

そう、行きの列車からして、所羅門七十二柱（ソロモンズデビル）が一柱・愚羅沙不栖（グラーシャラボラス）に待ち伏せされていたのである。自分たちは辛うじて愚羅沙不栖（グラーシャラボラス）に勝利したが、引き換えに皆無が列車から落ち、亡者どもにエーテルを喰（く）い散らかされた挙句に幼児退行してしまった。

（本当に？　本当に、予（よ）たちは勝っていたのか？　皆無をあのような姿にさせることこそが、目的だったのではないか？　愚羅沙不栖（グラーシャラボラス）は囮（おとり）だったのではないか――）

――分からない。巻物（スクロール）の光が一層強くなる。部屋に魔法陣が広がり始める。聖霊（セアル）の大印章（グランドシジル）が。

（いや、違う。今考えるべきは、そのようなことではない）

恐怖と混乱で、思考が纏（まと）まらない。

（攫（さら）われてしまう。このままでは、予は、恐らくは毘比白（ベヒキモス）が待ち構えているであろう場所へ——）

皆無の顔が、視界に映った。

愛する男性の顔が。

（嗚呼（ああ）、皆無。せっかくこうして出逢（であ）えたのに、また引き剝がされてしまう——）

『腕が欲しい……そなたを抱きしめるための、腕が』

璃々栖はあの、十一月十九日の冷たい雨を思い出す。刺すような絶望を思い出す。

（皆無——）

目の前にいるのに。手を伸ばせば、抱きしめることができるのに！

魔法陣の展開が完了した。部屋がまばゆい光で満たされる。何も見えなくなる。

（予は未（いま）だ、そなたに『好き』と言えておらぬ。『愛している』と言えておらぬ！）

【瞬間移動（テレポート）】の魔術が発動する——。

「助けて、皆無——ッ!!」

「——【第七地獄火炎（プレゲトン）】ッ!!」

鈴の鳴るような声。
瞬間、部屋が炎で満たされた。
巻物(スクロール)が燃え、【瞬間移動(テレポート)】が中断される。
——炎が、現れたときと同じ突然さで、唐突に消えた。
「嗚呼——」璃々栖は、情けなくも自分が泣いているのを自覚する。「皆無ぁッ!!」
山羊(やぎ)の捩(ねじ)れ角、
蝙蝠(こうもり)の翼、
蠍(さそり)の尾。
悪魔化(デビラキズ)を果たした皆無が、立っていた。

❖　❖　❖

同刻／同地／皆無

（【思考加速(クロックアップ)——百倍】！　【三全世界(ブッダ・セッタラ)】、同時展開ッ！）
今や己を完全に取り戻した皆無は、脳内を無限のヱーテルで満たす。止まったかのように見える世界の中で、皆無は状況を確認する。

目の前には、璃々栖。彼女は火傷（やけど）一つ負っていない。当然だ、そのように魔術を使ったのだから。璃々栖が泣いている。心配を掛けさせてしまったらしい。

だが今は、先に対処すべき相手がいる。

（神威中将――……神威ぃッ!!）

八日前、狭間を走る列車で皆無の手首を斬り、皆無を狭間の底へ突き落とした張本人！

（璃々栖と俺の、敵ッ!!）

何のために？　――分からない。

いつから裏切っていた？　――分からない！

だが、敵なのは間違いない。敵ならば、殺さなくてはならない。

【三千世界（ブッダ・セッタラ）】の知覚が部屋を満たす。百倍の思考と索敵の秘術があれば、神速の神威が相手であろうとも、その姿を捉えられるはずなのだ。

（見つけた、神威！）

皆無は、己の背後に潜む神威の反応を捉えた。と、同時に。

――皆無は視界の違和感に気付いた。

視野角が、やけに広い。

いや、違う。視界そのものが、左右に分かたれているのだ。

それでようやく皆無は、自身が脳天から股下に至るまで、一刀両断されていることを悟った。

次の瞬間、その視界すらも細切れにされてしまった。

同刻／同地／璃々栖

「皆無ッ!?」

目の前で真っ二つになった皆無が、瞬く間に細切れにされてしまう。神威による、神速の剣である。

「糞(くそ)ったれ!」神威が悪態をつく。「【瞬間移動(テレポート)】が無駄になってしまったじゃなァい。毘比白(ベヒモス)ちゃん陛下に怒られちゃう」

神威が軍刀を振るうと、瞬時に壁が崩れ、夜明け前の空が見えた。

月明かりに照らし出された神威の姿が、みるみるうちに変貌していく。七色の髪が、より一層長く太く、獣のようになる。元々、和とも洋ともつかぬ顔立ちだったのが、より一層鼻が高く、彫りが深くなっていく。軍衣と軍袴が溶け落ちて、代わりにクロウタドリのような黒い剛毛が生えてくる。顔を彩るアヰシャドーが、石炭のようにぱちぱちと爆(は)ぜ始める。

異形。中でも神威を異形たらしめているのが、鍛え上げられた腹部に描かれた——

(悪魔大印章(グランドシジル・オブ・デビル)!?)璃々栖は家庭教師から学んだ悪魔学を思い出す。(その模様——旗、渦巻く風、もしくは迸(ほとばし)る火の粉のような模様、喇叭(らっぱ)、剣。所羅門七十二柱(ソロモンズデビル)が一柱、悪魔大総裁・火威矛(カイム)ッ!!)

七色の髪、

曲刀、

神速、

神威。

『阿ノ玖多羅(あのくたら)皆無——カイム、ではないのか。良かったのぅ』

忘れもしない十二月二日。これは、自分が皆無に対して口にした言葉だ。

『名前が被ると、人の子らによる悪魔信仰心(アストラル)が分散される。神や天使どもと同様、我ら悪魔(デビル)にとっても人の子らの信心(アストラル)は大切じゃ』

そんな己の言葉に、皆無は何と答えたか。

『カイムやなくてカムイやったらおるけどな。第七旅団長の神威中将閣下』

（神威、神威かむいカムイ――――ッ!!　カイムのアナグラム!!）

璃々栖は歯嚙（はが）みする。

（悪魔は人の魂を喰らうか、さもなくば悪魔信仰心（アストラル）を介してヱーテルを集めなければ消えてしまう。悪魔信仰心（アストラル）を介するためには、その名にふさわしい姿と名前をしていなければならない！）

何故（なぜ）、気付かなかったのか。

（十三年前、毘比白（ベヒキモス）は皆無が誕生したその数時間後には、神戸に現れたと――そのようにダディ殿が言っておった。何故それほど迅速に、大印章（グランドシジル）の誕生を察知できたのじゃ？）

答えは簡単だ。もう、何十年も前から第七旅団長として神戸港を守り続けてきた神威中将が、他ならぬ毘比白（ベヒキモス）の間者（スパイ）だったからである。

（しかも――嗚呼、あやつ、【超加速（オーバークロック）】などという予も知らぬ魔術について口にしておったではないか！）

「さぁ」今や正体を現した大悪魔（グランドデビル）・火威矛（カイム）が、こちらに手を伸ばしてくる。「璃々栖ちゃん陛下。一緒に行くのよ」

「か、皆無――」

璃々栖は助けを求めるように、皆無だった肉片を見やる。が、床を彩っていたはずの肉片が綺麗さっぱり消えている。そして、

「――【第三地獄貪食】ッ!!」皆無の声。

火威矛の体に膨大な量のエーテルが纏わりつき、

「ごぼァッ!?」

火威矛の腹部が爆発した。いや、違う。内側から喰い破られたのだ。火威矛の腹から飛び出してきた、三体の犬たちによって。

皆無が扱う地獄級魔術の一つ、【第三地獄貪食】。生きている者を必ず殺す、無属性最強魔術の一角である。

堪らず、火威矛が膝をつく。

その間に、いつの間にか部屋の隅にまで退避していた皆無が、みるみるうちに肉体を再生させていく。頭と脊髄と骨だけだったのが、雄々しい肉を帯び、強靭な肌と毛皮で覆われ始めている。

「まったく、再生が速過ぎるのよ――バケモノめッ!」

だが、火威矛もまた、驚くほど再生が速かった。三匹の犬を細切れにした火威矛が、腹を撫ぜる。すると、腹部が瞬く間に再生してしまう。

皆無と火威矛は、共に老いることのないヱーテル体。どれほど非道い傷を負っても、ヱーテルさえあれば無限に再生せしめることができるのだ。

「ガァアアアアゴォォオオオオオオッ!!」

皆無の【悪魔の吐息】が敵を打つ！

並の悪魔ならそれだけで消し飛ばされるほどの強烈なヱーテル波。端で聴いている璃々栖ですら震えあがりそうになるその突風はしかし、当の火威矛にとってはそよ風にも等しいらしい。

「ヱーテル体とて」

部屋に満ちる轟音。

ぱっと生じる白い雲。

火威矛の音速超過機動。

「死ぬまで殺し続ければ、いずれは死ぬのよ！」

火威矛の軍刀の一振りで、皆無の腕が、脚が細切れにされる。一方の皆無はヱーテルの載った爪や魔術で反撃しながら、失われた手足を再生させ続ける。

死ぬまで殺せばやがて死ぬ――そう。ヱーテル生物は、体を再生させる際にヱーテルを消費する。いくら皆無がヱーテル総量十億の怪物だからと言っても、消耗し続ければ、いつかはヱーテルが尽きる時が来るのだ。ましてや、あれほどの速度で切り刻まれ続ければ。

二人の怪物が互いを壊し合いながら、自身を再生させ続けている。皆無の拳一つで火威矛（カイム）の片腕が消し飛び、火威矛（カイム）の軍刀の一振りで皆無の片足が細切れになる。二人の動きはあまりにも速く、璃々栖は加勢どころか目で追うことすらままならない。互いに破壊し再生し合う二人の戦は、千日手の様相を呈しているように見える。であれば、第三者の手を以（もっ）てして戦況を動かすしかない。

璃々栖とて炎の槍（やり）や風の刃（やいば）を起こすことはできる。が、下手（へた）に加勢して皆無に当たってしまっては意味がない。

だが、

(目で追えずとも、できることはある!)

璃々栖は右腕に宿る小印章（ノーマルシジル）でヱーテルを練り上げる。

「【穢（けが）れなき褥（しとね）・無垢（むく）なる共寝・リリートゥの夜――】」

❖　❖　❖

同刻／同地／皆無

（――速過ぎるッ！）

【思考加速(クロックアップ)】で脳内を百倍化させてなお、敵の動きを捉えきれない。火威矛(カイム)が剣を振るう度に、こちらの四肢が吹き飛ぶ。単に切断されるだけならば、霊体(アストラル)の残滓(ざんし)を手繰り寄せて接合すれば済む。が、火威矛(カイム)はご丁寧にも四肢を細切れにして呉(く)れるものだから、再生の都度、多量のヱーテルが必要になるのだ。

（拙(まず)い）

　このままでは、いずれヱーテルが枯渇する。それでなくとも、一秒たりとも気が抜けない地獄のような攻防を、そう何分も維持できるとは思えない。

　ふと、璃々栖の声が聞こえてきた。と同時に、膨大なヱーテル反応。

（【魅了(チャーム)】か！　ええ判断や！）

　璃々栖には悪いが、下手な攻撃魔術による加勢など自分にとって邪魔にしかならない、と皆無は考える。が、【魅了(チャーム)】は別だ。【魅了(チャーム)】ならば、自分もろとも火威矛(カイム)に掛けてもらっても何の問題もないからだ。もとより自分は璃々栖の味方であり、己が身よりも璃々栖の身の安全を優先するほどに、璃々栖に陶酔しきっているのだから。

火威矛も璃々栖の魔術に気付いたらしい。火威矛が一瞬、璃々栖の方に視線をやった。

——一瞬。

そう、一瞬である。ほんの、十分の一秒程度の隙。だが皆無にとっては十分だった。

(【ステュックスの沼の真ん中・陰惨なる窪みの底】)百倍化した脳での高速詠唱。(【亡者と悪魔を取り囲む地獄の鉄壁よ現出せよ——ディースの城壁】ッ!!)

地獄級魔術、最強の防護結界で以て相手を捕縛する。日本を発つ前、神威中将——他ならぬこの火威矛との模擬戦の際に使ったものと同じ手である。だが今度は、火威矛の全身を大きく丸っと包み込む形で結界を形成させた。もとより、音速にも等しい速度で機動する相手を簀巻きにする余裕などない。

(けど、これで王手や!)皆無は勝利を確信する。(火威矛は、【ディースの城壁】を断ち斬れない)

あと数秒もしないうちに、璃々栖の魔術が完成する。精神汚染魔術の名手である璃々栖の【魅了】は凶悪だ。璃々栖の【魅了】が空間を満たしたら、結界に穴を生じさせ、【魅了】の風を吸わせて火威矛の精神を操るのだ。

何処まで操れるかは未知数である。完全に味方に引き入れられるようであれば、勝利は確定であり、自分たちは非常に強力な戦力を手に入れることができる。璃々栖に対する敵対行動に抵抗（レジスト）を覚える程度の汚染具合であれば、火威矛（カイム）の動きが鈍っている間に、火威矛（カイム）のヱーテルが尽きるまで地獄の業火で炙（あぶ）り続けてやればよい。

璃々栖の事前詠唱が終わった。後は結びの句を口にするばかり、となった段階で、さすがの皆無も僅かに気が緩んだ。我知らず、【思考加速（クロックアップ）】が百倍から数十倍にまで落ちてしまう。

――ギギギギギギギギィィィィイイイィィイイイイイインッ!!

それは、まさしく鉄の嘶（いなな）きであった。

皆無は唖然（あぜん）となった。

火威矛（カイム）がヱーテル光を帯びた軍刀で以て、【ディースの城壁】を一刀のもとに両断していたからである。

（莫迦（ばか）な……莫迦な莫迦な莫迦なッ！　コイツは城壁を破れんかったはず！）

その思考に意味はない。事実として火威矛（カイム）は城壁を破った。

（破れんフリをしとったってことか⁉）

その思考にもまた、意味はない。

皆無は即座に【思考加速(クロックアップ)】を百倍に戻そうとした。が、生じた一秒足らずの隙は、敵にとってまたとない好機だった。

火威矛(カイム)が軍刀を振るった。何度も何度も。皆無はみるみるうちに切り刻まれ、手足が無数の肉片に変わり、五臓六腑(ごぞうろっぷ)は離れ離れになり、五感の全てが失われた。

同刻/同地/璃々栖

「【偉大なる阿栖魔台(アスモデウス)の名において命じる・哀れな幼子よ・予(よ)の虜(とりこ)となれ――魅(チャー)」

璃々栖の詠唱と集中が途切れた。驚愕(きょうがく)の光景を目にしたからである。

まず、火威矛(カイム)が【ディースの城壁】を斬り開き、中から飛び出してきた。次に火威矛(カイム)が、一秒にも満たない間に皆無の全身を細切れにした。そして、

「――破ァッ!!」

模擬戦のときにも見せた、強烈な一喝。凄(すさ)まじい勢いのヱーテル波が皆無だった残骸に叩(たた)きつけられた。未(いま)だ重力に引かれる前だった皆無の残骸が、塵芥(じんかい)の如くぼろぼろになり、さらには赤い霧のようになるまで分解され尽くしてしまった。

（――集中せよ！）

璃々栖は、展開目前だった術式に意識を戻す。あれしきのことでは、エーテル体の皆無は死なない。己は己の仕事に集中せねば。

「【魅（チャー）――】」

だが。

璃々栖は、自身の仕事を果たせなかった。刺すような痛みが、璃々栖の胸を貫いたからだ。

（なッ――）自身の胸を見下ろして、璃々栖は愕然（がくぜん）となる。

そこから、

刃（やいば）が、

生えていたからだ。

「極力、生きたまま回収せよ、とのご命令だったけどォ」

背後から、声。

同時、刃がぐりんと捩（ね）じ上げられた。

「『極力』と言えるだけの努力は、したわよね？」

「がふっ――」

璃々栖の口から血が溢（あふ）れる。

（嗚呼（ああ）……）視界の先、頭部を再生させつつある皆無と、目が合った。（皆無、皆無、皆無皆無皆無――）

視界が失われ、璃々栖は恐怖する。

次に、何に恐怖しているのかが分からなくなった。

さらには、恐怖という感情の意味も。

こうして、璃々栖は死んだ。

同刻／同地／皆無

（璃々栖――ッ!!）

皆無は遮二無二、璃々栖に手を伸ばそうとする。が、あまりにも徹底的に破壊し尽くされたものだから、手足の再生が遅々として進まない。

火威矛が璃々栖の背中、ちょうど丹田がある辺りを掌底で打つ。すると、璃々栖の体内からエーテル核が飛び出してきた。

小さな小さな、手に収まらんばかりの光の塊。

璃々栖の魂。

璃々栖の人格そのものである。

力なく宙を漂い始めた璃々栖の魂を、火威矛がつかみ取ろうとする。

皆無は必死に手を伸ばす。が、脚の再生が不十分で、無様にすっ転んでしまう。

火威矛の手指が璃々栖の魂に触れた。

（攫われてまうッ!!　このままじゃ、璃々栖が――ッ!!）

皆無は祈る。

（助けて呉れッ!!）

誰に？　聖霊は遠く物理界の向こう。父は今や、無力な狐だ。十二聖人においてすら、火威矛に――あの、日本一の悪魔祓師・神威中将に抗し得るような人物など存在しない。

火威矛が、璃々栖の魂をつかんだ。

（助けて呉れ――誰か、誰かッ!!）

皆無は祈る。その祈りは。その行きつく先は。

――そのとき、部屋を温かな光が包み込んだ。

（…………え？）

皆無は我が目を疑う。そこに、天使がいたからである。流れるような長い髪は、白銀。顔はよく見えない。清らかな白の衣装の隙間、腰のあたりから、一対の巨大な翼が生えている。

その天使が、高らかに喇叭を吹き鳴らした。途端、皆無は一歩も動けなくなる。金縛りの術式か。

皆無は絶望する。が、次の瞬間、戸惑った。火威矛もまた、金縛りに遭っているからである。

（敵ではない？）

正体も目的も不明の天使が、火威矛の手の中から璃々栖の魂を奪い取った。それから、ちらりと皆無の方を見たかと思うと、現れたときと同じ唐突さで、姿を消した。

……部屋に、暗がりが戻ってくる。

（攫われた！　璃々栖が、天使に！）

唖然としていたのもつかの間、

「皆無殿ッ⁉」

またも、状況が動いた。コッペリウスとヱキャンバスが、部屋に雪崩(なだ)れ込んできたのである。

「これはどういうことですか⁉」

いつの間にか、金縛りは解けていた。

「阿呆(あほう)！　お前らは下がっ――」

火威矛(カイム)が、動いた。コッペリウスたちに向かって、猛然と斬り掛かる！

璃々栖が死んだ、攫われた。碌(ろく)に集中もできない中、それでも皆無はコッペリウスたちを守るべく【対物理防護結界(アンチマテリアルバリア)】を発生させようとする。が、火威矛(カイム)が速過ぎる。二人を覆うには間に合わない。できて一人分。だが迷っている暇など一瞬たりとて存在しない。

普通に考えれば、コッペリウスを守るべきである。あれは阿栖魔台(アスモデウス)移動城塞起動のための要なのだ。だが、今の皆無には、幼児退行中の記憶がある。ヱキャンバスをたくさん可愛(かわい)がり、ヱキャンバスと一緒に戦った記憶が。

コッペリウスとヱキャンバス。どちらかしか、守れない。

（俺に、命の選別なんて――）

集中が乱れる。【対物理防護結界(アンチマテリアルバリア)】の生成が間に合わない。迷っている間に、最悪の選択をしてしまった。二人とも斬り殺されてしまう——

そのとき、甲冑(かっちゅう)姿の麗人——聖霊(セアル)が現れた！

コッペリウスたちと火威矛(カイム)の中間地点に。聖霊(セアル)が、その驚くべき判断力で以て即座に状況を見定め、

「【瞬間移動(テレポート)】ッ！」

火威矛(カイム)の軍刀を何処へか転移させた。

「ちっ——」火威矛(カイム)が飛び退(と)き、虚空から新たな軍刀を引きずり出そうとする。

皆無はその隙に、璃々栖の亡骸(なきがら)を【収納空間(アヰテムボックス)】の中へ仕舞(しま)い込む。顔を上げれば、聖霊(セアル)と目が合った。

聖霊(セアル)がうなずく。と同時、視界が切り替わった。先日野宿した、コロセウム近くの公園である。この場にいるのは、皆無、聖霊(セアル)、コッペリウス、そしてヱキャンバス。

「状況は⁉」

月明かりの下、叫ぶ聖霊(セアル)の姿が薄(う)っすらと透けている。大量のヱーテル消費によって、受肉(マテリアラヰズ)もままならない状態なのだ。旅立ち前に宣言したとおり、璃々栖と皆無のヱーテル反応が急変したことを察知して、こうして駆け付けて呉(く)れたのだろう。

「神威は敵やった！　所羅門七十二柱の火威矛！」

「陛下は⁉」

「死んだ！　肉体は保管しとる。けど」皆無は左手を撫ぜる。弱り果てたときに出てくる、皆無の癖だ。左手の傷は、幼馴染・真里亜の象徴。皆無にとっては、死の象徴である。

「魂を、天使に攫われてしもた！」

日本には、ミシェル翁という治癒神術の天才がいる。死にたてならば死者すら黄泉帰らせるという癒やしの名手。

皆無の【収納空間】は、相応のエーテルを当て続けることで、収納物の劣化を防ぐことができる。無論、今現在、皆無は璃々栖の亡骸に対してその効能を発揮させている。

つまりミシェル翁のもとへ行けば、璃々栖を黄泉帰らせることが可能なのだ。だがそれも、璃々栖のエーテル核――魂が手元にあれば、の話。

「なッ⁉　貴様がいながら、何という体たらく――いや」

聖霊が空を見上げる。皆無も釣られて見てみれば、遠くコロセウムの上空から、火威矛が猛然と空を駆けてくる様子が見えた。飛行魔術が使えない代わりに、空に放り投げたホテルの壁の残骸を足場に走っているらしい。

「あぁ……どうしよう、どうすればいい、聖霊⁉」

「落ち着け！」

「だって聖霊（セアル）、璃々栖が！」

璃々栖がいない。皆無の王が、心の支柱が、寄る辺が、存在意義が！

皆無は執拗（しつよう）に左手を撫（な）ぜる。皆無の弱い部分が出てきた。皆無は武力とヱーテル総量こそ七大魔王（セブンスサタン）にすら匹敵するが、まだまだ幼く、精神力と経験が圧倒的に不足している。不測の事態に対処ができない。誰かの命令・指示がなくては、満足に動くことができないのだ。

こんなとき璃々栖がいれば、的確な命令を下して呉れる。仮に璃々栖が迷ったとしても、自分は兎（と）に角（かく）、璃々栖を守ることを最優先に動けばよいのだ。そういう精神的支柱があればこそ、皆無は強い。

だが、璃々栖は死んでしまった。死んでしまったのだ。

――ぺちん
小さな衝撃。皆無は呆（ほう）ける。聖霊（セアル）に、頬（ほお）をぶたれたのだ。

「落ち着け、皆無」

「――――」皆無は不思議と、落ち着くことができた。「悪い」

「陛下といいお前といい、手の掛かる。陛下は天使に攫われた、それは確かなんだな？」

「う、うん」

「ならば、その天使を探すしかあるまい」

皆無たちの足元に、重厚に光り輝く魔法陣が立ち上がる。悪魔君主・聖霊（セアル）の大印章（グランドシジル）。

「当てが？」

「天国門のある地――ヱルサレムだ。恐らく、これが最後の転移になるだろう」

火威矛（カイム）が迫りつつある。皆無は二つの意味で慌てる。

「そんなっ、聖霊（セアル）、死んだらアカン！」

「分かっている。消滅しないで済む、際の際までだ――【長距離瞬間移動（グランドテレポート）】ッ！」

❖　❖　❖

同刻／霊界（アストラル）のヱルサレム／皆無

視界が切り替わった。

空だ。皆無たちは空にいた。満天の星々と、眼下に広がる古（いにしえ）の街並み。

ヱルサレム。

霊界（アストラル）の街並みは、物理界（アッシャー）の風景に強い影響を受ける。街の郊外、物理界（アッシャー）で言うところの『嘆きの壁』がある辺りに、空を覆い尽くさんばかりの巨大な扉がある。

「あの門の向こうが」今や人の姿を維持できず、半透明の手乗り有翼馬と成り果てた聖霊(セアル)が、凍えるように身を縮める。「天使どもの巣窟、天国だ。だが、簡単に通らせてもらえるかどうか」

「どういうことや？」

皆無は聖霊(セアル)を両手ですっぽりと覆う。聖霊(セアル)は聖霊(セアル)家の大印章(グランドシジル)を背負う身のため、他者からのヱーテル供給を受け付けない。他の悪魔――つまり皆無のヱーテルを受け入れてしまうと、聖霊(セアル)の大印章世界(グランドシジル・オブ・ザ・ワールド)が崩壊してしまうからだ。だが、こうやって温めてやることならできる。

「うわぁあああ!?」

数秒遅れて、コッペリウス氏が悲鳴を上げた。どうも氏は、このような死線をくぐる毎日とは無縁だったようだ。いきなり空に放り出されて、平然としている皆無の方こそ異常なのかもしれないが。

「ヱキャンバス」

皆無が声を掛けると、ヱキャンバスがコクコクコクコクとうなずいた。速やかにコッペリウスを横抱きにし、もう片方の腕で皆無の首に抱き着いてくる。

皆無は悪魔の翼を動かし、緩やかな飛行状態へと移行する。全員、落下の心配はなさそうである。

ヱキャンバスはいつも、皆無の意図を正確に汲み取る。彼女を拾ってからというもの、皆無が常時展開し続けている【精神感応】を通じて、皆無の思考を読み取っているのだ。

扉が近づいてきた。が、扉の手前数百メートルほどの距離に至った途端、皆無は一サンチたりとて進めなくなった。

「か、皆無……」

手の中の聖霊が震えている。皆無も震えている。

――殺気。

圧倒的殺気が、ヱーテル波となって皆無たちを打ちつけている。怖い。どうにもならないほどの恐怖が全身を覆い尽くし、気が付けば皆無は、翼を畳んで地に降り立っていた。見れば、コッペリウスもまた震えている。

殺気は、今や視界を覆い尽くさんばかりに聳え立つ巨大な扉から放たれている――のではなかった。皆無たちが降り立った街外れにぽつりと立っている、小さな民家から放たれていた。

民家。民家である。天国と魔界を繋ぐ巨大な門の手前に、ただ一軒、ぽつりと民家が立っているのだ。冗談のような光景。

「聖霊（セアル）」聖霊（セアル）は先ほど、『簡単に入らせてもらえるかどうか』と言っていた。「さっき言いかけてたことって」

「天国門は、七大魔王（セブンスサタン）が一柱『怠惰』の鐘比業陛下（ベルフェゴール）によって封印されている。天使に好き勝手闊歩（かっぽ）されては困るからな」

「つまり」

この、ヱーテル総量十億の大悪魔（グランドデビル）・皆無をして心胆寒からしめるヱーテル波の主というのが、

――ギギィイ……

民家の戸が、開いた。

「せ、聖霊（セアル）……」

「行くしかあるまい」

皆無を先頭にして、一行は民家に入っていく。すると一体全体どういう仕組みであろうか、中は広大な宮殿になっていた。それも、古今東西様々な。

皆無たちは奥へ奥へと進んでいく。部屋の最奥まで進み、扉を開く。すると、文化も時代も全てが異なる、ただし『豪華絢爛（ごうかけんらん）』という一句においては一致した部屋が出てくる。

皆無たちはその部屋の最奥に進む。するとまた、次の部屋が出てくる。

皆無はくらくらしながら進む。今の皆無には、豪華な内装を楽しんでいる余裕など毛頭ない。璃々栖が死んだ。殺されたのだ。そして、魂を攫(さら)われてしまった。一刻も早く件(くだん)の天使を見つけなければならないのだ。もたもたしていては、神速の火威矛(カイム)がこちらの居場所を見つけて追いかけてくるかもしれない。

皆無は、貴重な時間を浪費させようとする大魔王・鐘比業(ベルフェゴール)に怒りすら覚える。だが、先ほどの殺気には抗(あらが)えない、とも思う。殺気の嵐の中、無理に扉へ向かおうとしていたら、扉に辿(たど)り着く前に発狂してしまうに違いない。さすがは大魔王といったところか。

……やがて、最後の部屋に着いた。

古代エルサレムの神殿を思わせる石造りの部屋の中心で、大魔王・鐘比業(ベルフェゴール)が――

「…………は？」

天蓋付きベッドで、横になっていた。皆無は、意味が分からない。

「鐘比業(ベルフェゴール)……陛下？」

聖霊(セアル)に倣い、陛下付けして呼び掛けてみる。鐘比業(ベルフェゴール)は寝ている。

「あのぅ……ひっ!?」

鐘比業(ベルフェゴール)が、むくりと起き上がった。途端、例の殺気が部屋を満たす。

巨大な二本の捩れ角（ねじ）、驚くほど小さな体。大魔王は女児の姿をしていた。ナイトキャップからこぼれ落ちる髪は天鵞絨（ビロード）のように滑らかな黒色、気だるげな眼も黒。寝間着姿の『怠惰』の化身・鐘比業（ベルフェゴール）。

その大魔王が——

「はぁあああ〜〜〜……ッ!!」盛大な溜息（ためいき）をついた。頭を掻（か）きむしる。「面倒臭いッ!! 起きるの面倒臭い、動くの面倒臭い、喋（しゃべ）るの面倒臭い。生きてるだけでも面倒臭いのに、これ以上、面倒事を起こさないで呉れないかしら？」

皆無は尻餅をつく。鐘比業（ベルフェゴール）が放つヱーテル波が、怒気が余りにも恐ろしくて、立っていられないのだ。

「門が開いたら面倒事が起きるの。分かるでしょう？ 天使と悪魔、水と油！ 歩み寄りなんて無理無理無理無理！ アンタみたいな非常識な新参悪魔が門の中に入っていって、問題事が起きないわけがないじゃない！」

皆無は左手を撫ぜる。怖い、怖い、怖い。先日、父に感じたとき以来の強烈な恐怖。圧倒的強者に対する恐れで、喉がひりつく。

「皆無」床に放り出された聖霊(セアル)が、囁くように言った。「戦え。お前は陛下の王配だ」

「――っ」皆無は立ち上がる。震える声で、「あ、あのっ、鐘比業(ベルフェゴール)陛下」

「黙れ人間」

「も、門の中から天使が出てきませんでしたか⁉」

「黙れと言ったわよね、私？」

また、強烈なヱーテル波。あまりの恐怖で、皆無は死にたくなる。が、負けるわけにはいかない。

（――集中！）

皆無は脳内速度を百倍化させ、【三千世界(ブッダ・セッタラ)】の知覚で以(もっ)て部屋の中を舐(な)める。ヱーテル波の流れ、粒子の全てを把握せんとする。

――把握した。そして、

「話を、聞けッ‼」

鋭く短い、【悪魔の吐息(デビラ・ブレス)】。部屋を満たす鐘比業(ベルフェゴール)の怒気が相殺され、凪(な)いだ。

こちらのヱーテル波で圧倒しようと考えてはいけない。そもそも圧倒できるはずもない。

皆無の【三千世界(ブッダ・セッタラ)】では、鐘比業(ベルフエゴール)のヱーテル総量は計り知れなかった。少なくとも、璃々栖や皆無のような、五億だ十億だ、などという数字で収まるものではないらしい。

　であるならば、皆無にできるのは鐘比業(ベルフエゴール)の怒気を完全に打ち消し、ゼロの状態に持っていくところまでである。下手(へた)にヱーテル波で攻撃を仕掛け、鐘比業(ベルフエゴール)の機嫌を損ねでもしたら、取り返しがつかなくなる。

「――――」鐘比業(ベルフエゴール)は何も言わない。

「――――」皆無もまた、何も言わない。

　静謐(せいひつ)。

「………へぇ」先に沈黙を破ったのは、鐘比業(ベルフエゴール)の方だった。「面白いわね、キミ。何の用だったかしら？」

「天国門から」皆無は呼吸を整える。「天使が出てきませんでしたか？」

「出てきたかもしれないし、出てきていないかもしれない。門はあのとおり広大だから」

「天使を探しているんです」

「悪魔が、天使を、探す。ふぅん。何故(なぜ)？」

「最愛の人を攫われてしまって」

「あぁ、なるほど。それで」鐘比業(ベルフエゴール)が冷たく嗤(わら)う。「図々(ずうずう)しくも『色欲』の名を騙(かた)る半人前が、キミの【収納空間(アキテムボックス)】の中で眠りこけているってわけ」

「──っ」

皆無は僅かな苛立ち(いらだ)を覚える。と同時に希望も抱いた。この大魔王は、皆無が名乗るまでもなく皆無が誰なのかを把握しており、皆無の【収納空間(アキテムボックス)】内に璃々栖の亡骸(なきがら)が保管されていることを見抜いている。『暴食』の鐘是不々(ベルゼブブ)と同じく、『過去・現在・未来を見通す力』を有しているらしい。

「璃々栖を攫った天使が何処(どこ)にいるのか、ご存じありませんか？」

「知らない。天使のことは、神か天使に聞きなさい」

「そのためには、あの門をくぐらなければならない。お許しいただけますか？」

「無償で、とはいかないわね」

「何を支払えば？」

「何が支払えるのかしら？」

「分かりません。でも」皆無は思い描く。璃々栖の笑顔、泣き顔、拗(す)ねた顔、無防備な寝顔。璃々栖、璃々栖、璃々栖。「璃々栖のためなら、私は何だって支払える」

「キミは莫迦(ばか)ね」鐘比業(ベルフェゴール)が嗤う。「否。『若い』って言うのかしら？　私の質問に対する回答に、まるでなっていないじゃない。でも、まぁ、分かったわ。今度、何か一つ言うことを聞きなさい。それが対価よ」

「それじゃあ――」

「それでも、門は開けられない」

「っ。そんな」

「けどね」鐘比業（ベルフェゴール）が嗤う。「門はあのとおり随分とくたびれているから。隙間から小悪魔が数匹迷い込むくらいのことには、目をつぶってあげましょう」

❖　❖　❖

鐘比業（ベルフェゴール）の寝室を辞すると、そこはもう屋外だった。背後には、例の民家がある。

「行くで」

皆無は全員を抱え上げ、悪魔の翼で以て空に舞い上がる。もう、体の震えはない。門に至るまでの数百メートルほどの距離は、ものの数秒でゼロになった。

鐘比業（ベルフェゴール）が語ったとおり、門は随分と傷んでおり、そこかしこに大小様々な穴が開いていた。皆無たちは穴の一つから中へ飛び込む。

不思議な空間であった。左右が何処までも高く聳え立つ崖になっていて、果てが見えない。夜空に星々はなく、代わりにただ十個のみの光り輝く星が、同心円を描いてゆっくりと周回している。

【三千世界（ブッダ・セッタラ）】が上手（うま）く機能しない。崖が何処まで続いているのか判断できなかったので、仕方なく、皆無は道なりに沿って飛んでいく。やがて、

「そこの者ども、止まれッ！」

天使に、呼び止められた。

天使である。真っ白な翼と光り輝く輪っかを持った甲冑（かっちゅう）姿の天使たちが、数十人。道を封鎖するように立っている。突然の悪魔の襲来に、一触即発といった様子である。

皆無は、天使を初めて見た。天使が人前に現れるという例は少ない。少なくとも明治日本が立ち、第零師団（だいぜろしだん）第七旅団が立ってから、日本に天使が現れたという記録はない。

「こちらに」皆無は飛行を解き、言われたとおり立ち止まる。その場で両手を上げて、

「敵対する意思はありません。どうか話を聞いてください」

「……どういうことだ？」先頭に立つ若者——ひと際立派な鎧（よろい）を着た隊長格の兵士が首を傾（かし）げる。「まぁいい。名と目的を。虚偽は通用しないと思え」

皆無は生来の癖で、【三千世界（ブッダ・セッタラ）】を纏（まと）った目で天使たちをざっと舐める。

（——乙種悪魔（デビル）相当）

乙種悪魔(デビル)は、大日本帝国陸軍第零師団(だいゼロしだん)第七旅団において、竜種や伝説の魔獣群と同等戦力を保持すると認定された存在である。つまり、ここにいる天使の一人一人がドラゴンと対等に渡り合えるほどの実力者。人間世界の基準で言えば、国家すら滅ぼし得るほどの途方もない戦力である。が、

（隊長格だけ頭一つ飛び抜けてて、甲種相当。それでもまぁ、問題なく勝てるな）

そのような思考が顔に出てしまったのか、はたまたこっそりと索敵・鑑定術式を使ったのを見抜かれたのか、天使たちが色めき立つ。彼らが握りしめている槍(やり)の穂先がエーテル光を帯びる。

「皆無です！」慌てて、両手を上げなおす。「皆無・弩・羅・阿栖魔台(アスモデウス)です！」

「「「「阿栖魔台(アスモデウス)ッ!?」」」」

天使たちが仰天する。隊長すら槍を構える。

「あわ、あわわ……本当に敵意はないんです！　璃々栖の――璃々栖(リリス)・弩(ド)・羅(ラ)・阿栖魔台(アスモデウス)の魂を連れていった天使を知りませんか!?」

「はぁ!?」隊長格の男が顔をしかめる。「大悪魔(グランドデビル)の魂に触れられる奴(やつ)なんて――」

「隊長」隣の副官らしき男が言う。「例の新人――半月以上、大悪魔(グランドデビル)の中で眠っていたっていう、あの新人ならば？」

「あぁ、あの問題児――マリア！」

（――マリアッ⁉）

今度は皆無が仰天する番だった。死んだ幼馴染の名が出てきたからである。

（いや……）皆無は思いなおす。真里亜とは聖母の名。基督教圏の異人や、ましてや天使の中ではありふれた名前なのだろう。（それに、真里亜はもう……）

死んだのだ。鐘是不々に殺された。皆無を覚醒させるための駒として。

「あの新人、今日は一日、ここで見張りの任務のはずだ」隊長天使が首を傾げる。「さっき点呼したときにはいたよな？」

「いましたね」と副官。

「今は？」

「いませんね……」

「まったく、あの問題児が！　日の出までに戻らなきゃ破門だってのに、よくやるよ」

「その」皆無は天使たちの会話に割って入る。「マリアという天使が何処へ向かったか、知りませんか⁉」

　皆無は、件（くだん）の問題児天使『マリア』を探し出すことを、次の目標として定める。その『マリア』が璃々栖の魂を攫（さら）った張本人だというのは、仮定の話に過ぎない。が、

（違いない！　きっと、そうや！）

　皆無は確信している。理由は幾つかある。

　一つは、『マリア』が出奔した時刻と、皆無たちの前に現れた時刻がほぼ一致していること。

　一つは、天使兵たちが口にする『マリア』の外見的特徴――『マリアって誰だ？』『ほら、あの銀髪の』『あぁ、あの小柄な新人』――が、先ほど見た天使と合致していたこと。

　最後の一つは、

（真里亜……）

　守れなかった幼馴染と同じ名であることに、運命めいたものを感じたからである。

　皆無はこういう、己の『勘』のようなものを信じることにしている。愛蘭（アキラム）こと鐘是不々（ベルゼブブ）にせよ鐘比業（ベルフェゴール）にせよ、魔王や大悪魔（グランドデビル）には『過去と現在と未来を見通す力』を持つ者が多い。魔導書（グリモワール）『ゴエティア』にも、多数の所羅門七十二柱（ソロモンズデビル）が、同様の力を持つと記されている。であるならば、所羅門七十二柱（ソロモンズデビル）の幾柱かを圧殺せしめたこの己が、いつか同等の力――予知能力を手に入れられるのは想像に難くない。

「マリアの居場所？」隊長が顔をしかめる。「悪魔相手に、味方を売るような真似をすると思うか？」

「こ、このッ――」

皆無の焦りと怒りがエーテル波となって膨れ上がるが、

「皆無！」

聖霊の叱責で、我に返る。皆無は平身低頭する。

「お願いします！　天使マリアには絶対に危害は加えないとお約束します！　それに、私に支払えるものなら何でも支払いますから……！」

言って皆無が虚空から値打ち物を次々と引っ張り出し、地面に積み上げていく。宝飾、服飾、傘、時計、自転車、花王しゃぼん、色チョークとノート、ライオンの歯磨き粉。どれもこれも、皆無が璃々栖に贈ろう、璃々栖のために使おうと思ってせっせと買い集めてきたものだ。

が、天使の隊長は困惑するばかり。

「そうは言っても、これぱっかりは……ん？」

隊長の目に留まったのは、皆無が大量に取り出し始めた菓子類の一つ、焼き菓子の包みだ。出立前の模擬戦の際に、皆無がミシェル翁に持たされた物である。袋が、何やら並々ならぬエーテル光で輝いている。

「こ、これはミカエル印の⁉　どうして悪魔がこれを⁉」

「？？？」

驚く隊長と、意味が分からない皆無。だが、隊長の顔色を見た皆無は好機と見て、

「これと引き換えに、天使マリアの居場所を教えていただけませんか⁉」

「う〜〜〜んっ！」天使の隊長が頭を抱える。「悪魔と取引するわけには……。いやしかし、この機会を逃したら終末まで食べる機会なんて……。嗚呼(ああ)、糞(くそ)っ。悔しさのあまり堕天しちまったら元も子もない。――分かった。半日だけ、これを貸してやる」

天使の隊長が自身の輪っかに触れた。がぽっ、と音がしそうな勢いで、天使の輪っかが外される。隊長が、その輪っかを皆無の頭に載せた。

「隊長⁉」仰天する副長。

「くれぐれも他言無用だぞ⁉　お前らにも分けてやるから！」部隊を見回す隊長と、

「「「「……ごくり」」」」生唾を飲み込む天使たち。

十数分後／物理界(アッシャー)のオスマン帝国上空／皆無

(急げ急げ急げ……ッ！)

悪魔の体に天使の輪っか。皆無は巨大化させた両手で聖霊(セアル)、コッペリウス、ヱキャンバスをすっぽりと覆い、悪魔の翼で夜明け前の空を飛ぶ。

コッペリウス氏が【異界門(ゲート)】の魔術を使えたのは僥倖(ぎょうこう)だった。おかげで皆無たちは物理界(アッシャー)に戻ることができた。聖霊(セアル)の【長距離瞬間移動(グランドテレポート)】でも狭間(はざま)を突破することは可能だが、そんなことをさせてしまえば、今度こそ聖霊(セアル)が消滅してしまいかねない。

天使の隊長曰(いわ)く、件の天使『マリア』は、いるとしたら物理界(アッシャー)側だろう、とのことだった。マリアは口癖のように、物理界(アッシャー)へ行きたいと言っていたから。

――現在、時刻は四時過ぎ。

【三千世界(ブッダ・セッタラ)】で調べたところ、この時期、ヱルサレム周辺の日の出は六時半。先ほどの天使は、『日の出までに戻らなきゃ破門』などと呟(つぶや)いていた。天使マリアとて破門されたくはないだろう。だから皆無は、天国門の中で天使マリアを待ち構えることも考えた。

だがそれは、火威矛(カイム)が大人しくして呉(く)れているという――非常に考えにくい――前提があればこその作戦である。自分たちがヱルサレムに来たのと同じく、天使の姿を見た火威矛(カイム)が、ヱルサレムに来る可能性は十分にある。

皆無はそこで、あえて火威矛を天国門に誘い込み、鐘比業や天使たちをも巻き込んだ三つ巴、四つ巴の戦に発展させ、その隙に火威矛を抹殺せしめるという可能性も考えた。が、即座に却下した。

『国際法を順守せよ』

『世界を味方につけよ』

と、常日頃から璃々栖に口酸っぱく言われていたからである。

璃々栖の復活は必須条件であり最低条件である。が、だからといって、璃々栖が黄泉帰ったそのときに、世界中が璃々栖・弩・羅・阿栖魔台の敵になっていては意味がない。

璃々栖は今や、王なのだ。たとえ国民が皆無と聖霊しかいないとしても、阿栖魔台臨時政府の首領なのだ。幼児退行中のことだったとはいえ、朧気ながらも毘比白軍占領下にあった阿栖魔台租界の光景を、よくしてくれた浮浪児の、路地裏にうずくまるたくさんの人々の、物同然に扱われている旧阿栖魔台王国人だった奴隷たちの姿を覚えている今の皆無には、そういう外交的感覚がある。

（せやから結局、急ぐしかない！　急いで天使マリアを見つけ、平和裏に璃々栖の魂を取り返し、璃々栖を黄泉帰らせ、阿栖魔台移動城塞を起動させ、万全の態勢を以て火威矛を迎え撃つ！）

天使の輪っかからは、物理界（アッシャー）にいる天使たちの位置情報が、【万物解析（アナラキズ）】や【三千世界（ブッダ・セッタラ）】を使ったときのような感覚で流れ込んでくる。中でもひと際巨大で『邪悪な』反応が、とてつもない速度で大清帝国上空を東に向けて飛んでいる——恐らく、件の天使『マリア』だろう。

件の天使マリアは、速い。つい先ほどまで羅馬（ローマ）に位置する場所にいたはずなのに、今はもう、清の上空を飛んでいる。ちょっと異常なほどの速さである。少なくとも、小銃の初速——音速よりもずっとずっと速い。音速の、十倍か二十倍か。

（速く、速く、速く！）

皆無は手の中を【対物理防護結界（アンチマテリアルバリア）】で包み込む。それから、力の限り羽ばたいた。

重く、水の中を泳いでいるような感覚。体の前に、水の膜が張っているような感覚。

（もっともっと、速く！）

それが、ぱっと破れた。

——轟音（ごうおん）と、一瞬だけ目の前を覆った白い雲。

音を、超えたのだ。音速超過の世界。火威矛（カイム）の世界に、追いついたのである。

一発の銃弾となって、皆無は飛ぶ。

❖　❖　❖

一時間半後、日本における午後／神戸鎮台（ちんだい）／悪魔大総裁・火威矛（カイム）

「おや？　これは中将閣下」

曇天。瓦斯灯（がす）で満ちているとはいえ、鎮台の廊下は薄暗い。

だからだろう。その佐官は、こちらの姿が普段と違うことに——クロウタドリの毛皮の上から外套（がいとう）を羽織っているだけということに、気付いていないようであった。

「無事お戻りになられて本当に良かった！　——何故（なぜ）、抜刀を？」

火威矛（カイム）は無感動に軍刀を振るう。すると、その佐官の頭部が輪切りになった。

「なッ⁉　中将閣下⁉」

輪切りになった佐官の数歩後ろを歩いていた尉官が、声を上げる。彼は混乱しながらも素早く抜刀しかけるが、その頭部もまた、すぐに輪切りになる。

「い、いやぁぁあああぁぁああああ——」ちょうど通りかかった女性尉官が、悲鳴を上げた。が、「——ガボッ⁉」

悲鳴は、続かなかった。肺が輪切りになったからだ。

❖　❖　❖

同刻／大清帝国上空／皆無

「――何ッ⁉」【精神感応(テレパシー)】で繋(つな)がっている聖霊(セアル)の、慌てる声が聞こえた。「な、何という
ことだ……第七旅団員たちが死んでいく」

「どういうことや⁉」

「陛下とお前に渡したネックレス。あれと同じものを、第七旅団員の幾人かにも配っていたのだ。それが……彼らのエーテル反応が消えていく。次々と死んでいるんだ！　それも、物凄(ものすご)い早さで！」

「火威矛(カイム)か⁉」

「どうする、皆無⁉　このまま天使を追うか、私の【長距離瞬間移動(グランドテレポート)】で鎮台へ飛ぶか」

「璃々栖と旅団員の命の、どちらかを選べっていうんか⁉　それに聖霊(セアル)こそ、こんな状態で【長距離瞬間移動(グランドテレポート)】なんか使ってしもたら――」

「嗚呼、あぁぁ……消えていく。次々と！」

❖　❖　❖

悪夢／■■■

大悪魔(グランドデビル)の家に生まれたその少年は、生まれつき魔術を使うことができなかった。魔術を使うには、エーテル総量が少な過ぎたからだ。魔術至上主義の悪魔社会において居場所のなかった少年はいつも、一人孤独に剣を振るい続けていた。

その大悪魔(グランドデビル)家は没落の危機に瀕(ひん)していた。少年や腹違いの兄弟たちの誕生と同時期に、家父長である父の腹部から大印章(グランドシジル)が消えたからである。

通常、大印章(グランドシジル)は当主の意志のもと、後継者へ移譲される。が、大印章(グランドシジル)は言わば脈々と連なる家父長の魂の集積とも言うべき存在であるため、大印章(グランドシジル)が自らの意志で以て後継者のもとへ移るという事例も存在している。

自由意思を持つほど強大な大印章(グランドシジル)、ということである。悪魔家としては喜ぶべきことであろう——その家父長が望む相手に継承されたのであれば。

当然、父は息子たちのいずれかに大印章(グランドシジル)が継承されたのだと期待した。が、どの子供の腹にも大印章(グランドシジル)はなかった。

一方、その少年は自分こそが大印章(グランドシジル)の継承者であることを知っていた。エーテル総量が少な過ぎるために、大印章(グランドシジル)が浮かび上がってこないだけで、体の内側に眠っているのだと。

だが、出生順の上では長男でも妾(めかけ)の子に過ぎないということで、誰も少年の言うことを信じなかった。だから少年は、孤独に剣を振り続けた。

少年が十代半ばに達したころ、転機が訪れた……それも、最悪の形で。業を煮やし、それでもなお少年の言うことが信じられなかった父が、『ものの試しに』少年を暗殺することにしたのだ。少年の言うことが事実なら、少年の死によって他の愛する息子たちのいずれかに大印章(グランドシジル)が渡るであろう、と。

だから少年は、迫りくる傭兵(ようへい)を、私兵を、一族郎党を返り討ちにし、皆殺しにした。

「――良い(グート)。良い剣、良い腕前だ」

少年が血の海の中心で日課の素振りをしていると、見知らぬ悪魔が話しかけてきた。

敵か、と思った少年は即座に斬りかかったが、その悪魔にあっさりと敗北してしまった。

「予(よ)の名は毘比白(ベヒモス)」その悪魔が名乗った。「やがて表(アッシャー)と裏(アストラル)の世界の全てを喰(く)らい尽くす者である。その力、予の下で振るってみないか？　――悪魔大総裁・火威矛(カイム)よ」

そうして少年は名実ともに、悪魔大印章(グランドシジル・オブ・デビル)と悪魔大総裁・火威矛(カイム)家の盟主となった。

❖ ❖ ❖

同刻／神戸鎮台／火威矛（カイム）

火威矛（カイム）は、自らが数十年をかけて守り育んできた鎮まる台地を蹂躙（じゅうりん）する。自らが鍛え、愛してきた悪魔祓師（エクソシスト）たちを、次々と輪切りにしていく。

『とある女性を、救わねばならんのだ』

殺戮（さつりく）を続けながら、毘比白（ベヒキモス）の言葉を思い出していた。

『女を？』

と返した火威矛（カイム）に対し、毘比白（ベヒキモス）は寂しそうに笑ったように記憶している。

『そのためには、世界を救ってやらねばならん。表（アッシャー）と裏（アストラル）の世界の全てをこの手に収め、制御し、管理せねばならん。手伝って呉れるな、火威矛（カイム）？』

『御心（みこころ）のままに』

また一人、輪切りにしようとした。が、弾（はじ）かれた。【対物理防護結界（アンチマテリアルバリア）】。己の、この剣をも弾く結界の名手。

「何故裏切った、神威中将!?」その結界の主――拾月（じゅうげつ）大将が叫んだ。

「裏切っちゃいないわよ」火威矛（カイム）は冷たく嗤（わら）う。「アタシはずっとずっとずぅ～っと以前から、毘比白ちゃん陛下のし・も・べ」

「莫迦な……莫迦な莫迦な莫迦な！　あぁ、そうか。だから十三年前のあのときも――」

拾月大将の顔が絶望に染まる。「糞っ……何故、こんな日に限ってミシェル中将とナタス中将が不在なのだ!?」

火威矛は無感動に軍刀を振るう。何度も何度も。拾月大将の【対物理防護結界】にひびが入り、遂には砕け散った。

「さようなら、拾月ちゃん大将閣下。楽しかったわよ」

「「――【第七地獄火炎】ッ!!」」

そのとき、鎮台の廊下を地獄の業火が埋め尽くした。『十二聖人』の名物双子の、地獄級魔術である。

火威矛は軍刀を振るい、業火をいなす。見れば『弐丁拳銃』の千晶が拾月大将の襟首をつかんで後方――炎の届かぬところへ放り投げようとしているところだった。と同時に、火威矛の周囲に小型の【対物理防護結界】が十三枚、展開される。

（相変わらず、良いセンスしてるわねェ）千晶の連続射撃、跳弾を駆使した全方位からの銃弾を弾きながら、火威矛は内心、溜息をつく。（千晶ちゃんと双子は、できれば毘比白軍に引き抜きたかったのだけれど。そのためにも、璃々栖ちゃん陛下の【魅了】は必須だった。ままならないものねェ）

衝撃波とともに超音速の一歩を踏み出し、火威矛は千晶の眼前に至る。まず、右腕を斬り飛ばした。千晶がすぐさま左腕をこちらに向け、『奥の手』を発動させようとする。が、それには最低でも数秒を要することを火威矛は知っている。

自ら鍛え上げた部下たちのことを、
第七旅団の可愛い子供たちのことを、
火威矛は、神威は誰よりも知っている。

（数十年。数十年かァ。重いわよねェ。でも）火威矛は軍刀を振るう。千晶の脳が輪切りになった。（数百年の重みには、敵わない）
「いやぁ……」双子の片割れ、オニキスが泣き叫ぶ。「いやぁぁあぁぁあああああああああああああッ!!」
「殺す」双子のもう一人、カーネリアンが、一人の身では初級魔術も満足に使えない癖に、猛然と飛びかかってきた。「殺してやるッ!!」

同刻／神戸鎮台上空／皆無

聖霊（セアル）の【長距離瞬間移動（グランドテレポート）】で、鎮台上空に転移した。

「――――ッ!!」

皆無は声にならない叫びを上げる。曇天の空へ、多数の魂が立ち昇っている様子が目に飛び込んできたからだ。

「【対魔術防護結界（アンチマジカルバリア）】ッ！」

皆無は咄嗟（とっさ）に、鎮台上空を結界で覆う。曇天が、巨大な光の傘によって覆われる。エーテル総量十億の皆無ですら維持に相当のエーテルと意識を消耗する、広大な結界だ。魂たちが霊（アストラル）の壁にぶつかり、それ以上は上昇しなくなる。

「聖霊（セアル）――」

皆無は手の中の聖霊（セアル）を見やる。何とか生きている。が、元より影が薄くなっていた手乗り有翼馬が、今や消え去らんばかりに薄く透明になっている。

「糞糞糞ったれ！」皆無は逆上する。璃々栖が死んだのも、たくさんの仲間たちが死んだのも、聖霊がこんな姿になっているのも、何もかも、「火威矛ぅッ！　何処におる⁉」

そのとき、鎮守府の一角で小規模な爆発が生じた。

「あっちか⁉」

翼を動かし、駆け付ける。聖霊たちを地面に降ろした皆無は、建屋に飛び込んだ。

「いやぁああッ！　お姉ちゃ」

——ちょうど。

皆無が建屋に飛び込んだ、ちょうどそのときに。カーネリアンの亡骸を抱えるオニキスが、脳と喉と肺を輪切りにされた。あと一秒早く駆け付けていれば、救えていたかもしれないのに。どちゃり、と、オニキスだった肉塊が床に広がる。

「あら」火威矛が微笑んだ。「遅かったじゃない、皆無ちゃん元帥閣下？」

「貴様ぁぁあああああああああッ‼」

【思考加速】、十数倍。皆無は、万物を引き裂く地獄級魔術【十二の悪の爪】を両手に纏わせ、火威矛に突撃する。

皆無は遮二無二、両手の爪を振るう。十数倍化させた思考で以て最適解を選んでいるはずの太刀筋はしかし、すべからく火威矛の軍刀でいなされてしまう。

火威矛が一歩、踏み出した。

轟音と、ぱっと広がる白い雲。火威矛の音速超過機動。

たちまち、皆無は劣勢になる。手足を吹き飛ばされ、それを再生させ続けながら反撃するも、瞬く間に防戦一方になる。

火威矛が口を開いた。目にもとまらぬ速度で剣を振るいながら、体の軸だけは全くぶれない神威の、非道く挑発的な言葉が皆無の意識に届く。十数分の一の世界で語られる言葉である。火威矛の言葉は、長く引き伸ばされた意味不明な騒音としてしか、皆無の耳には届かない。が、常時耳目に展開している【三千世界】が、火威矛の唇の動きを言葉に翻訳して皆無に知らせてくるのだ。

『弱過ぎる。さっきよりも、全然遅いじゃない』

それはそうだろう、と皆無は内心、歯噛みする。何しろ今の自分は、神戸鎮台の空一面を【対魔術防護結界】で覆い、広大な面積に綻びが生じぬよう、網に掛かった総勢四百三十八名の英霊たちを昇天させぬよう、細心の注意を払っているからだ。

自分が使える【完全治癒】ならば、たとえバラバラぐちゃぐちゃの肉片であろうとも、新鮮であれば人の形に修復できる。そして自分は、【収納空間】の中で遺体を腐敗させることなく保管することができる。一方、ミシェル翁の神術を以てすれば、死にたてながら死体すら黄泉帰らせることができる。ならば、魂さえ現世に繋ぎ留めておけば、火威矛に惨殺された四百三十八名を黄泉帰らせることもまた、可能なはずなのだ。

皆無はその可能性を捨てきれない。死んだ者たちを、同じ釜の飯を食ってきた戦友たちを見捨てるには、皆無はあまりにも若過ぎた。ここは鴨緑江でも旅順でもない。術式の使用が禁じられた人間同士の戦場ではなく、あらゆる手段が許された人と悪魔の戦場なのである。であるならば、自身が使える力の全てを尽くして、救える命を救おうとして何が悪いというのか。

（——あっ）

また二つ、網に新たな魂が引っ掛かった。『十二聖人』の双子——カーネリアンとオニキスのものであろう。

（アカン、ここままやと）凄まじい速度で肉体が損傷していく。体を再生させるのにも、ヱーテルが必要だ。皆無のヱーテル総量は十億。人間の基準から言えば、天文学的数字と言える。が、皆無が常時展開している【三千世界】は、皆無の体内ヱーテル量が七億を下回ったことを伝えてきている。実に三億ものヱーテルが失われたのだ。（このままやと、押し負ける——俺が、消滅させられてまう！）

『エーテル体とて、死ぬまで殺し続ければいずれ死ぬ』とは、火威矛の言葉だ。

事実である。今や七割にまで減じてしまった己のエーテルは、この剣戟を続けている限り、遠からずゼロになる。ゼロになったそのとき、自分は死ぬ。

（どうする――どうすれば!?）

火威矛は、速い。十数倍程度の脳内加速では、まるで目で追えない。

（一瞬だけでも、百倍にまで引き上げるしかない。それで隙を作って、体勢を立て直すできるのか？

（やるしかない。やらなきゃ俺が死に、神戸鎮台が死ぬ。璃々栖も、璃々栖の王国も消えてなくなる！【思考加速】――百倍】！）

――ズキンッ

脳を揺さぶられるような激痛が、皆無を襲った。と同時に、何かが崩壊した感覚。

（――あっ!?）

皆無は目の前の火威矛の存在も忘れて、屋外に飛び出す。空を見上げる。結界が解けてしまっている！　戦友たちの魂が、天に昇ろうとしている！

皆無は一時、戦いを放棄した。【思考加速】を解いて、空一面に【対魔術防護結界】を張り直した。

――屋内から、轟音。何度も何度も何度も聞いた、恐怖の音。火威矛(カイム)が音速を超えた瞬間に発せられる、衝撃波の音だ。

皆無は屋内を見る。今まさに音速を超えた火威矛(カイム)と、目が合う。

(どうしよう――)

皆無の思考が限界を迎える。

四百四十名の命か、目の前の戦か。

四百四十名を見捨てて戦うのか、四百四十名の命を抱えたまま緩やかに死ぬのか。

答えは出ない。出るはずもない。

(どうしようどうしようどうしようッ!!)

皆無は迷う。十三歳。まだまだ幼い皆無は、決断できない。他人の命を背負うことに慣れていない。人の死を『損害』と割り切るだけの覚悟がない。

救いを求めるようにさ迷わせた視線のその先に。

拾月大将が、

鎮台の主が、

結界術式の名手が、立っていた。

「儂が引き継ぐ！　だから」泣き笑いのような表情の、拾月大将。「神威中将を、頼む」

皆無は即座に、【対魔術防護結界】を解いた。

託したのだ。戦友たちの命を、拾月大将に。

そして、託されたのだ。第零師団長から、第七旅団の裏切り者の始末を。

――瞬間、膨大な量のエーテルが自由になった！

ありったけのエーテルで、皆無が同時に放出可能な上限量のエーテルで、脳を満たす。

（【思考加速――百倍】ッ！　【三千世界】、同時展開ッ！）

脳が、冴えわたる。

視える。今の皆無には、火威矛の動きが、一挙手一投足が手に取るように分かる。

【三千世界】が見せるごくごく短期間の未来予知が、火威矛の姿を三本の残像として視せて呉れる。未来が分岐しているのだ。いずれも皆無の首筋に向けて刃を叩き込む軌道を見せているが、うち二本は欺瞞軌道である。

音速を超えながらなお、欺瞞の動きを混ぜ込んでくる火威矛の技量には恐れ入る、と皆無は思う。が、今の自分相手には無駄な努力だ。皆無は三本の残像のうち、最も色の濃い――火威矛の思考が傾けられたものに相対し、【十二の悪の爪】を纏った爪を構えた。

重く重く腹に響く、百倍化された金属音。皆無は見事、火威矛(カイム)の剣を打ち払った。

火威矛(カイム)が僅かに眉を上げる。が、火威矛(カイム)の動きは止まらない。さらに速度を上げて、何度も何度も斬り掛かってくる。

皆無はその剣を受け、いなし、捌(さば)いていく。


皆無はもう、慣れた。


慣れてしまったのだ、火威矛(カイム)の音速超過機動に。今日未明の戦闘を経験し、オスマンの空で実際に音速を超える機動を経験し、東へ東へと飛んでいた一時間以上の時間を以て、火威矛(カイム)との戦闘をずっとずっと反芻(はんすう)し続けてきた皆無である。皆無は既に、こと火威矛(カイム)戦に関しては、百戦錬磨の経験値を積んでいる。

確かに、十数倍化の世界であれば、分が悪かった。が、己の最大最高の状態、百倍化かつ【三千世界(ブッダ・セッタラ)】の同時起動であれば話は違う。今の皆無には、火威矛(カイム)の刃が止まって見える。

（――あはァッ！）内心、璃々栖そっくりな嗤(わら)い方で、嗤う。（遅い遅い遅い！）

万能感。戦友たちの命の心配をすることなく力を発揮できることに、皆無は震える。

今の皆無には、戦いの傍ら、周囲の状況を確認する余裕すらある。【三千世界（ブッダ・セッタラ）】の知覚によると、皆無の【対魔術防護結界（アンチマジカルバリア）】などよりもずっとずっと精緻で重厚な結界が、空一面を覆っている。拾月大将が張り直した結界が、戦友たちの魂を漏らすことなく保護しているのだ。皆無は安心して、戦いに集中できる。

皆無は【十二の悪の爪（マレブランケ）】を纏った爪で、火威矛（カイム）の利き腕をひと薙（な）ぎする。軍刀を握った火威矛（カイム）の腕が十三分割される。だが、分割されたそばから切断面の肉が盛り上がり、互いに結びつき合ってしまう。

再生。

ヱーテル生物となった者の、最大の強みだ。皆無もヱーテル体の操作には自信がある方だが、火威矛（カイム）の再生は、皆無をして驚嘆せしめるほどに速い。

皆無が次なる【十二の悪の爪（マレブランケ）】を放つころにはもう、火威矛（カイム）の再生は完了している。

――千日手。

今の皆無には、火威矛（カイム）の神速剣のように、相手を細切れにできるほどの強力な物理的攻撃手段がない。四肢の一本を十三分割した程度では、再生に必要なヱーテル消費は微々たるもの。何度やったところで、火威矛（カイム）をヱーテル枯渇で殺しきれるものではない。もっともっと、相手に大量のヱーテルを、出血を強いる攻撃手段が必要だ。でなければ、いずれ自分は負けてしまう。

だが、今の皆無は絶望していない。皆無は、別の手段を取ることにする。

手始めに、

（【第七地獄火炎（プレゲトン）】ッ!!）

得意の、地獄級魔術。不破侯爵・庵弩羅栖（アンドラス）や悪魔大総裁・愚羅沙不栖（グラーシャラボラス）といった所羅門七十二柱（ソロモンズデビル）たちを焼き滅ぼしてきた自慢の炎。並の甲種悪魔（デビル）なら灰も残らないほどの圧倒的火力である。

だがその業火は、火威矛（カイム）が振るう軍刀によって、あっさりといなされてしまう。

（バケモノめ！　けど）

【第七地獄火炎（プレゲトン）】は、あくまでも時間稼ぎ。既に仕込みは終わっている。皆無の【収納空間（アイテムボックス）】の中から現れた百丁の『試製参拾伍（さんじゅうご）年式村田自動小銃改』が、四方八方から火威矛（カイム）に狙いを定めている。

（【二面二臂のアグニ・十二天の一・炎の化身たる火天よ】）

百倍化した脳内での、高速詠唱。百丁の村田銃の銃口に、火天の曼荼羅（まんだら）が立ち現れる。

（【神に似たる者・大天使聖ミカヱルよ・清き炎で悪しき魔を祓（はら）い給（たま）え】）

続いて、生命樹（セフィロト）が立ち現れ、ミカヱルが守護する美（ティファレト）のセフィラと、火天の曼荼羅が合一する。

第七旅団が誇る奥義『生命樹曼荼羅（セフィロト）』の中でも、最強の火力を誇る【神使火撃（ミカエル・ショット）】。一発撃つだけでも術者の寿命が五年は縮むと言われている神の奇蹟（きせき）を、計百発。

（――【斯く在り給う（AMEN）】ッ!!）

百個の銃口から放たれた日本最高威力の実包『熾天使弾（セラフィムバレット）』が、神の力を纏って火威矛（カイム）に殺到する！

百本の光の槍（やり）は、火威矛（カイム）の四肢に、胴に、頭部に触れた瞬間、【第七地獄火炎（プレゲトン）】をも上回る爆炎を生じさせ、火威矛（カイム）の体を構成するヱーテルを相殺する。

（ヱーテル体と言っても、不死身やない）

死ぬまで殺し続ければ、いずれは死ぬ――他ならぬ火威矛（カイム）の言ったとおりなのだ。そして、ヱーテル生物を最も効率よく殺すための単純にして至高の方法こそが、

（大量のヱーテルをぶつけて、火威矛（カイム）を構成するヱーテルと相殺させること！）

世界中の名のある教会から、金に糸目を付けずに買い集めてきた鐘――人々の祈りが込められた鐘を鋳潰して、日本刀信仰の礎である玉鋼（たまはがね）と混ぜ合わせて製造した弾頭。人類の、神に対する信仰心を切り売りして製造する最強実包『熾天使弾（セラフィムバレット）』。一発一発の製造・出庫ごとに国会の承認が必要な、超高級品。そこに込められた祈りは、ヱーテル量は計り知れ

ない。

顔を向けただけで視力を失いかねないほどの爆炎の中、皆無は【三千世界(ブッダ・セッタラ)】の知覚で以(もっ)て火威矛(カイム)の状態を正確に把握せしめる。最初の百発で、火威矛(カイム)の全身が塵芥(じんかい)と化している。すぐさま塵(ちり)が肉となり、肉が互いに結びつき合って手足と五臓六腑(ごぞうろっぷ)を成しつつあるが、先ほどまでの再生に比べて、あまりにも遅い。効いている、確実に。

（あはァッ！）だから皆無は、火威矛(カイム)に向けて次弾を送り込んだ。（【ＡＭＥＮ(アーメン)】ッ！）

百発。直視できない爆裂の連続。

（【ＡＭＥＮ】ッ！）

また百発。

（【ＡＭＥＮ】ッ！【ＡＭＥＮ】ッ！【ＡＭＥＮ】ッ！【ＡＭＥＮ】ッ！【ＡＭＥＮ】ッ！【ＡＭＥＮ】ッ！）

薬室の一発と、弾倉の八発、計九発。総計九百発もの『熾天使弾(セラフイムバレット)』を【神使火撃(ミカエル・シヨット)】付きで送り込んだ。

眼前には、巨大な穴が開いている。爆発を伴う銃撃で、掘り返された穴だ。濛々(もうもう)たる煙が立ち込める穴を、皆無は注視する。九百柱の甲種悪魔(デビル)を圧殺せしめるに足る攻撃を叩(たた)き込んでなお、皆無は油断せず、【三千世界(ブッダ・セッタラ)】の知覚で眼前を洗う。

――いない。

火威矛(カイム)に相当するヱーテル反応は、凶悪な反応は、存在しない。

(祓い切ったッ!!)　皆無は歓喜する。(やったやった！　勝った！　これで、あとは天使さえ見つければ――)

璃々栖を復活させることができる。

件(くだん)の天使の居場所は、頭上の輪っかを通じて分かっている。天使マリアもまた、ここ、神戸に来ている。

璃々栖は復活する。阿栖魔台移動城塞(アスモデウス)も動かすことができる。『黄海海戦』までに城内の艦艇を送り出すことも可能だろう。

璃々栖と、璃々栖の王国は救われる。

日本も、救われる。

大丈夫だ。きっと、何もかもが上手(うま)くいく！

穴の中の空間に、火威矛(カイム)だったヱーテルの反応はない。塵芥ほどの残滓(ざんし)も存在しない。

不破侯爵・庵弩羅栖(アンドラス)を祓ったときと同じだ。灰も残らず祓い切ったのである。

それで、ようやく、安心できた。

皆無は、【思考加速(クロックアップ)】を解いた。

「――驚いたわねェ」

声が、聴こえた。聞き覚えのある、不吉な声が、背後から。

「まさか、大印章（グランドシジル）を使う羽目になるなんて」

皆無は、振り向く。皆無の後方数十メートル先。中庭の中心に、火威矛（カイム）が佇（たたず）んでいた。

火威矛（カイム）の腹部に描かれた悪魔大印章（グランドシジル・オブ・デビル）が、燃え盛る石炭のように赤い光を帯び始めている。

「――【悪魔大総裁・火威矛（カイム）の名において命じる】」

無論、皆無は敵の術式展開を座して待つような愚は犯さなかった。火威矛（カイム）の姿を認めた瞬間、即座に【思考加速（クロックアップ）】を上限の百倍にまで引き上げ、全力で以て翼を動かし、音の壁を超えて火威矛（カイム）に打ちかかろうとした。

が、おかしい。

「【加速せよ・加速せよ・大印章（グランドシジル）よ加速せよ】」

火威矛（カイム）の動きが、詠唱が、一向に遅くならない。百倍化したはずの知覚で以てしてもなお、火威矛（カイム）が普通に動き、喋（しゃべ）っているように見える。火威矛（カイム）が、加速しているのだ！

「――【超加速（オーバークロック）】」

次の瞬間、皆無の視界を覆い尽くす量の残像が見えた。数百、数千の未来予知が。その全てが、皆無の首を脳を四肢を五臓六腑を斬り裂き、斬り裂き、斬り裂き尽くして細切れにしていた。さらに次の瞬間、それが現実となった。

皆無は、こなごなになった。

？分後／神戸鎮台／皆無

（莫迦な莫迦な莫迦な莫迦な莫迦な！）脳が再生し、自我が戻ってきた皆無は、驚愕する。（莫迦なッ！　奴は、大印章を使ってすらいなかった！）

思い返せば一週間ほど前、まどろみの中で聞いた神威——火威矛の言葉によれば、彼の剣は『純粋に訓練の賜物』で得たものであると言っていた。純粋な訓練と、エーテル体の操作技能だけで音速を超えていたのだ、あの怪物は。

（バケモノめ——いや、今考えるべきはそんなことやない！）

状況は？　自分は何分間、気を失っていた？

見れば、神戸鎮台の中庭を取り巻く戦況が、一変していた。

「突撃！　突撃——ッ!!」

第七旅団以外の師団員たちが、拾月大将の指揮の下、火威矛相手に死闘を演じていた。

古今東西様々な術式兵装を身にまとった術師たちが、結界系の術式で身を守りながら、火威矛(カイム)の壮絶な剣戟(けんげき)に耐えようとしている。

「臆するな！　皆無名誉元帥が戻ってくるまで、死力を尽くして持ちこたえるのだ!!」

『師団』とは、『旅団』が集まって構成される部隊単位。そう、対妖魔特化型組織『第零師団(だいぜろしだん)』には、対西洋妖魔部隊『第七旅団』の他に、一から六までの旅団がいるのだ。

　神道系部隊の第壱(いち)旅団、

仏教・密教系部隊の第弐(に)旅団、

道教・陰陽系の第参旅団、

対沖縄の第肆(よん)旅団、

対北海道の第伍旅団、

対半島・大陸の第陸(ろく)旅団。

その数、実に数百名。まだまだ増えつつある。神戸鎮台の各棟から、装備を整えた他旅団員たちが飛び出してくる。

いずれも、日本、亜細亜(アジア)産妖魔に対する攻撃手段は持っていても、西洋妖魔に対しては無力な部隊ばかり。だが、『無力』というのは攻撃に限定した話である。防御に関しては、その戦力は潤沢。新参者の第七旅団よりも、むしろ層が厚いくらいである。中でも拾月大将が自ら旅団長を務める第参旅団は、千年以上の歴史を持つ結界術の権威。

　だが、そんな彼らをしても、火威矛を止めるにはなお力不足であるらしい。

「あらァ、もう復活したのォ？」

　火威矛の声。と同時、火威矛を防護結界で抑え込もうとしていた師団員たち十数名が、吹き飛ばされる。うち数名は細切れだ。死んだ。死んだのだ。皆無を守るように陣形を組んだ師団員たちを斬り飛ばしながら、火威矛が殺到してくる。音速突破の雲を棚引かせながら。

　他方、皆無はまだまだ体の再生が不十分で、立つこともままならない。思考も一倍速のままだ。

「何度でも殺してあ・げ・る。アナタのヱーテルが尽きるまで」

（ヱーテルは……もう、一億もない！）

　九百発の弾丸に、全て注ぎ込んでしまったのだ。次に全身細切れにされてしまったらもう、それこそ聖霊のように、不完全な体でしか復活できなくなる。そうなれば、確実に負ける。

（アカン――――ッ!!）

　火威矛が目の前にまでやってきた。剣を振り上げる。

そのとき、皆無と火威矛（カイム）の間に、ヱキャンバスが割り込んできた！

重々しい金属音。ヱキャンバスが、その細腕で火威矛（カイム）の剣を受け止めたのだ。

火威矛（カイム）が驚いた顔をする。皆無は、こんなにも感情を露（あらわ）にする旅団長を初めて見た。

驚いたのは皆無も同じだ。悪魔化（デビラキズ）した皆無の体は、その構成に一億ものヱーテルを必要としている。その甲斐（かい）あって、皆無の体は無類の強度を誇る。火威矛（カイム）の剣は、そんな皆無を豆腐のように斬り裂く。ヱキャンバスは、そんな火威矛（カイム）の剣を受け、弾（はじ）き返したのだ。

火威矛（カイム）がたじろいだ、その僅かな隙を縫って、ヱキャンバスが皆無を抱え上げた。腰に付いた噴進式（ジェット）ヱンジンに火を灯（とも）し、逃げる。

「陛下といいお前といい」同じくヱキャンバスに抱えられている聖霊（セアル）が、穏やかに呟（つぶや）いた。

「本当に手の掛かる子供ばかりだ」

右腕に皆無、左腕にコッペリウスと聖霊（セアル）を抱え込んだヱキャンバスが、飛び続ける。背後から、また轟音（ごうおん）。火威矛（カイム）が音速超過で追ってきているのだ。

緊迫した状況のはずなのに、聖霊（セアル）の声は穏やかだ。

「阿栖魔台城（アスモデウス）へ行け、皆無。城を起動させ、鎮台上空まで移動させるのだ。そうすれば、阿栖魔台城（アスモデウス）の大印章（グランドシジル）で火威矛（カイム）の大印章（グランドシジル）を封じ込めることができる」

無論、皆無もそれは考えた。が、そのためには、コッペリウスを連れて阿栖魔台城（アスモデウス）まで移動しなければならない。この状況でどうやって、悠長に城まで飛んでいくというのだ？

「今から、お前たちを城内へ転移させる」

皆無には、聖霊（セアル）が何を言っているのか分からない。そも、阿栖魔台（アスモデウス）移動城塞には【瞬間移動（テレポート）】を阻む結界が張られているはずである。沙不啼（サブナッケ）が神戸港に襲来した十一月十日のあの日、他ならぬ聖霊（セアル）自身が、それを皆無に教えて呉（く）れたのである。

「あれは」皆無の疑問を読み取ったのか、聖霊（セアル）が言った。「嘘（うそ）だったのだ。聖霊（セアル）の名を継ぐ者は、あるものを対価にすることで、あらゆる結界を突破することができる」

（――あるもの）

「だが、あの方は弱く、私にそれを命じることができなかった。そしてあろうことか、お前に対してそのことを秘密にするよう、私に命じたのだ」

ヱキャンバスたちの足元に、魔法陣が浮かび上がる。聖霊（セアル）家の大印章（グランドシジル）。

「聖霊（セアル）、待て」皆無は狼狽（ろうばい）する。あるもの、とは。聖霊（セアル）が自身の大印章（グランドシジル）に対し、祖先たちに対して捧（ささ）げ得る、最上の供物とは。

「陛下を――璃々栖を」

「待て！　アカン！」

「あの子を、頼んだぞ」

聖霊(セアル)が、微笑(ほほえ)んだかに見えた。

次の瞬間、聖霊(セアル)の姿が掻(か)き消えた。

ヱーテルを、命を使い切ったのだ。


皆無の視界が切り替わった。阿栖魔台(アスモデウス)城内に転移したのだ。

ヱキャンバスが噴進式(ジェット)エンジンを切り、皆無たちを下ろす。

「嗚呼(ああ)……あぁぁ……」

皆無は泣いていた。我知らず、左手を撫(な)ぜる。左手の傷は、真里亜との大切な思い出であり、死の象徴だ。

ふと、皆無の視界を小さな羽虫が横切った。薄(う)っすらと光る羽虫。低級悪霊(デーモン)か何かが城に迷い込み、食べるものがなくて死んでしまったのだろう。ヱキャンバスがその羽虫を引っつかみ、口に放り込んだ。消耗したヱーテルを少しでも補充しようとしているのか。

「聖霊(セアル)……」

皆無は左手を撫ぜながら、立ち上がる。

城内は死んだように静かだ。皆無たちがいるのは、城の心臓部である大印章(グランドシジル)が安置され

た部屋の手前。この先は、聖霊(セアル)の【長距離瞬間移動(グランドテレポート)】ですら直接は移動できない。

絶望している場合ではない。今、こうしている瞬間にも、師団員たちが死に続けているのだ。

皆無は大印章(グランドシジル)の間に続く巨大な扉に触れる。扉が城の主(あるじ)の到来を認め、静かに開き始める。

「コッペリウス、接続の仕方は分かるか？」

石畳の広々とした部屋の中心にただ一つ、ぽつりと椅子が設置されている。椅子の背もたれには、沙不啼(サブナツケ)の大印章(グランドシジル)が描かれている。

「は、はい」緊張した様子のコッペリウス。

「なら、急いで呉れ」

上着を脱いだコッペリウスが、椅子に座る。大印章(グランドシジル)と大印章(グランドシジル)が接続される。ほどなくして、部屋が低い低い機械音に包まれた。

城が、目覚めたのだ。

（あぁ、本当に良かった。これで火威矛(カイム)を止められる。みんなも助かる。聖霊(セアル)の死も報われる——）

皆無が安堵(あんど)した、その瞬間。

「あぁ、良かった」

コッペリウスが、嗤（わら）った。

「これで、城は毘比白様（ベヒキモス）のモノだ!!」

「…………………………え？」

部屋の壁が開き、中から何十体もの自動人形（オートマタ）が出てくる。皆無と璃々栖を散々に苦しめた、一体一体が甲種悪魔（デビル）相当の力を持つ自動人形（オートマタ）だ。その人形たちが槍（やり）を構え、皆無に殺到する！

皆無は、意味が分からない。悪魔の爪で槍を弾（はじ）き返そうとして、その手が人間の物に戻っていることに気付く。気付いた次の瞬間には、他の槍に腕を貫かれていた。

皆無は腕を貫いてきた人形を蹴り飛ばし、穂先を引き抜いて走り出す。腕を再生させようとするが、上手（うま）くいかない。悪魔化（デビラキズ）も、他の魔術も。あらゆる術式が封じられている。

（——大印章世界（グランドシジル・オブ・ザ・ワールド）!?）

翼もない。悪魔の脚力もない。術式による肉体の強化もできない。弱冠十三歳相当の男児の体に過ぎない皆無は、あっという間に人形たちに追いつかれ、背中をめった刺しにされた。

穂先が爆炎を上げる。この槍は、熾天使弾(セラフイムバレット)にも等しい威力を持つのだ。

（拙(まず)い拙い拙い！）【三千世界(ブッダ・セッタラ)】が起動しない。が、己のヱーテルが、残り幾ばくもないことは分かる。（このままやと死んでまう！）

そのとき、ヱキャンバスが突進してきた。皆無の体をかっ攫(さら)い、自分の中に押し込もうとする。

皆無は即座にヱキャンバスの意図を理解し、受肉(マテリアラヰズ)を解いた。

ヱキャンバスに騎乗した皆無は、噴進式(ジェット)ヱンジンに火を灯して部屋から脱出する。場内の至る所から人形が湧いて出てきて、皆無・ヱキャンバス機を襲う。幾つもの槍が投げつけられ、何度も爆炎にまみれたが、皆無・ヱキャンバス機は倒れなかった。

——ヱキャンバス。

そう、この製造メーカーも不明の自動人形(オートマタ)は、兎(と)に角(かく)頑丈なのだ。皆無はコロセウムで何度もヱキャンバスの頑丈さに救われてきた。今もまた、助けられている。

……だが、さしものヱキャンバスと言えども、限界がきたようであった。

皆無・ヱキャンバス機が城外に脱し、神戸の空へと飛び出した瞬間、皆無はヱキャンバスの中から放り出されてしまった。

　ヱキャンバスはもう、動かない。

（嗚呼、あぁぁ……どうすればどうすればどうすれば！）

　皆無は神戸の海に向けて落下しつつある。受肉(マテリアラキズ)させた腕でヱキャンバスを抱き寄せながら、皆無は絶望する。

　ここは未(いま)だ、コッペリウスに乗っ取られた、敵の大印章世界(グランドシジル・オブ・ザ・ワールド)の中だ。悪魔化(デビラキズ)はできず、術式は使えず、聖霊(セアル)は死に、城は奪われ、ヱキャンバスは動かない。人形たちが追ってきている。人形たちに八つ裂きにされて死ぬのが先か、海に叩(たた)きつけられて死ぬのが先か。

　曇天。

　……ふと、遠く西の空に、無数の光が立ち昇りつつあるのが見えた。第零師団(だいぜろしだん)員たちの、魂だ。拾月大将の結界が解けている。死んでしまったのだろう。

（助けて呉れ……）ヱキャンバスを抱きしめながら、皆無は左手を撫ぜる。（誰か、助けて呉れ）

　やがて皆無は撫ぜるのを止(や)め、その左手を天に向ける。

（璃々栖を、みんなを、助けて呉れ！　誰か、誰か、誰か誰か誰か誰か誰か誰か誰か誰か誰か誰か誰か誰か――ッ!!）

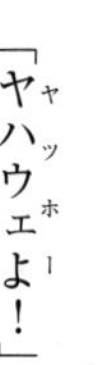
「ヤハウェ（ヤッホー）よ！」

底抜けに明るい声がした。救いを求める皆無の左手の先に、天使がいた。先ほど、璃々栖の魂を攫った天使だ。そう、確か、名前は――

「ボクだよ！　皆無くんの守護天使――マリアだよ！」

天使・真里亜が皆無の左手に触れた。

瞬間、空が晴れた。

青空の下、天使・真里亜が満面の笑みを浮かべる。すると皆無とヱキャンバスの落下が止まり、皆無たちの周囲が暖かな光で包まれた。皆無の体に力が戻ってくる。追撃の人形たちが、光の壁に触れた。その瞬間、人形たちが力を失い、神戸の海へと落下していく。

「もう大丈夫だよ、皆無くん。ほら」

真里亜が西の空を指差す。西の空に巨大な結界が張られていて、魂たちの昇天を押し留めている。

「皆無くんの心配事は、ボクが全部全部ぜーんぶ追い祓ってあげるから」

「キミは――」皆無は呆然と、左手を撫ぜる。「その顔、その声は！」

真里亜が虚空から小瓶を取り出す。中には小さなヱーテル核が入っている。皆無の目は、そのヱーテル核に釘付けになる。

「――璃々栖！」

LILITH WHO LOST HER ARM

from Kansei to Meiji

幕間

六道輪廻／
mariA

大切な大切な思い出／真里亜（マリア）

眉目（びもく）秀麗、頭脳明晰（めいせき）。
天才少女・真里亜にとって、極東の同年代は無教養な獣にしか見えなかった。

真里亜は生まれながらの天才だった。一歳のころから言葉が分かっていたし、三歳のころにはもう、父の仕事の書類を見て、計算間違いを指摘できるほどになっていた。鏡に映るのは、幼いながらに端整な顔立ち。父も母も、真里亜自身も、真里亜の人生の成功を信じて疑わなかった。
小学校低学年時代、世界中から裕福かつ頭の良い子女が集まる名門パブリックスクールで学年トップの成績を維持しながら、真里亜は自分がやがて、偉大なる大英帝国で何か名を残すような人物になるに違いないと夢想していた。
そんな夢は、真里亜の母が病死したときに崩れ去った。

以前にも増して商売にのめり込むようになった父が、極東の島国に行くと言い出したのだ。いや、武器商としての父の判断はけして間違ってはいない。眠れる獅子こと清を下し、今や伸張著しい日本は、次なる仮想敵国・露西亜を見据えて軍拡に次ぐ軍拡を続けている。だから真里亜は、理性の上では父の行動を理解できた。

が、感情は別だった。何が悲しくて、せっかく名門校で築いた地位を捨ててまで、極東の薄汚い獣どもが蠢く島に移住しなければならないのか。世界で最も近代化された英国の都会に住む真里亜にとり、日本というのは未開の地にも等しかった。

だが結局、父は真里亜を伴って日本――神戸港に来てしまった。こうして真里亜八歳の、灰色の青春時代が始まった。

真里亜の目には、同年代の子供たちはおろか、尋常小学校の教師陣ですら獣に見えた。子供たちは真里亜のそういう視線を敏感に察知し、当然のように虐めが始まった。真里亜は毎日逃げるように下校して、父の店の手伝いに没頭するようになった。

嫌い、嫌い、嫌い。獣みたいな餓鬼どもも、無教養な大人たちも、自分をこんな肥溜めみたいな国に縛りつける父も。みんなみんな大嫌い。

ある日、真里亜が店のカウンターでいつものように死んだ目をして俯いていると、

「【偉大なる軍神スカンダの剣・ニュートンの林檎（りんご）・オン・イダテイ・タモコテイタ・ソワカ——韋駄天（いだてん）の下駄（げた）】ッ！」

鈴の鳴るような、可愛（かわい）らしい声。

驚いて顔を上げて、さらに驚いた。尋常小学校にすら上がっていないような幼い男児が、店の前で空高く舞い上がっていたからだ。真里亜とて、術師や悪魔祓師（エクソシスト）のことは知っていた。が、こんなにも小さな子供が空を飛ぶなんて!?

（——欲しい）

子分らしき子供たちに称賛されるその男児——皆無（かいな）を見て、真里亜はそう思った。生まれて初めて出逢（であ）った、自分よりも明確に優れた才能を持つその男児を、自分の所有物にしたいと思った。未だ何色にも染まっていないであろうあの男児を懐柔し操縦したい、と。

その日から、真里亜による皆無への猛攻が始まった。幸いにして真里亜には、父がパリ外国宣教会（MEP）屋敷に武器弾薬を卸しているという関係性があったから、皆無の前に現れ、言葉を交わすようになるのは苦労しなかった。

苦労したのは言語の方だ。真里亜は一歳にして言葉を理解していたにもかかわらず、この極東の島国についてあまりにも興味がなさ過ぎて——毛嫌いしていて——未だに日本語が話せなかった。逆に、皆無はたどたどしくも仏蘭西語が話せた。真里亜も話せた。だから真里亜と皆無は、仏蘭西語と日本語、ときどき英語という不思議な環境で言葉を交わし、仲を深めていった。

そういう言語的に面倒な相手に対して皆無が辟易していたかと言われれば、そんなことはないようだった。何しろ真里亜は圧倒的に教養があり、何より自他ともに認める美少女である。銀髪や彫りの深い顔立ちという浮世離れした容姿を、皆無は珍しがり、そして羨ましがった。

『ボクはねぇ』

『僕？　女やのに変なの』

『カイナくんだって僕って言うじゃァないか。お揃いだね』

『……～～～～ッ。う、うん』

『あぁもぅ！　カイナくんは可愛いなぁ！』

真里亜が母性や異性を全力で押し出して接したため、皆無は早々に真里亜に溺れた。皆無が無類の乳房好きになってしまったのは、他ならぬ真里亜の所為であろう。

皆無が尋常小学校に上がってからの日々は、真里亜にとって最高の青春時代だった。特に、皆無が遊びに使っていた拳銃の暴発で左手に大怪我(けが)をし、その看病のために真里亜が付きっ切りになり、双方ともに依存度を高めてからは一層のこと。

だがそんな日々も、真里亜が尋常小学校を出ることで終わる。そのころの皆無は火事の一件からすっかり孤立しており、塞ぎがちになっていた。やがて皆無が士官学校に入ると、真里亜と皆無の関係も絶たれてしまった。

だが、忘れられなかった。真里亜は相当の愛とお金と、四年もの時間をかけて、皆無を自分好みに育て上げてきたのだ。今さら諦められるはずもなかった。気が付けば、皆無を操縦したい、我がものにしたいという——ややよこしまな——想(おも)いは、今や堪え難(がた)いまでの恋心に変わっていた。

が、皆無はいない。

鬱屈した日々。女学校に上がっても、相変わらず周りは獣ばかり。唯一言葉の通じる相手だった父も、本国に戻ってしまって久しい。真里亜は孤独だった。そんな中、真里亜は朗報を耳にした。

何と皆無が第七旅団に入り、神戸に戻ってきたというのだ！

真里亜はすぐさま逢(あ)いに行こうとした。が、一体全体どういうわけか、真里亜がパリ外国宣教会屋敷や神戸鎮台に武器弾薬を納品しに行ったときには必ず皆無は不在で、どれだけ追いかけてみても、すれ違いが続いた。宛てた手紙も書置きも、必ず紛失されてしまった。まるで運命が二人を出逢わないように仕向けているかのように。

　そんな忸怩たる日々が続いた――実に、一年以上も！

　真里亜は真剣に悩み、これはただ事ではないと考え、悪魔祓いすら依頼したほどだった。無論、やってきた悪魔祓師は皆無ではなかったが。

――すぐそこにいるはずなのに。真里亜の店から数区画先のパリ外国宣教会屋敷で、皆無が生活しているはずなのに。彼の足跡はたどれるのに、彼の息遣いすら感じられるほどなのに、肝心の彼に逢えない！

　真里亜は絶望していた。こんなことをやっているうちに、やがて数年が過ぎて彼が結婚してしまうのではないか、数十年が過ぎて自分がおばあさんになってしまうのではないか。事実、一年が経ってしまっているのだ！

　真綿で首を絞められるような焦燥感。すっかり憔悴しきってしまった真里亜はある夜、夢を見た。

長い永い夢。夢の中で、真里亜は皆無に成り代わっていた。夢は数日後の未来である十一月一日の夜から始まった。皆無は任務中に心臓を失い、悪魔の女の力で黄泉帰った。皆無と悪魔は長い永い悠久の時をともに歩み、その果てに、あまりにもつらい破滅があった。数時間か、数日か、数年か、数千年か——長い永い夢から覚めた真里亜は、号泣していた。今や夢の大半は覚えていなかったが、

『皆無を救わなければならない』

という強烈な想いが胸を占めていた。だが、どうやって？　自分は、無力な女に過ぎない。


「救えるよ」


いきなり目の前で声がして、真里亜は跳び上がった。

「お前さんなら、皆無を救ってやることができる。これは世界で唯一、お前さんにしかできない仕事さね」

見ればベッドに、酒瓶を携えた白髪の美女が腰かけている。

「あ、貴女は——」

「愛蘭(アキラム)」

正体不明の白髪女と、真里亜は話をした。愛蘭(アキラム)は驚くほど博識で、何でも知っていた。
そんな愛蘭(アキラム)の口から、驚くべき話が飛び出してきた。
なんと、真里亜が皆無と出逢えずにいるのは悪魔の呪いなどではなく、神の仕業だというのだ。敬虔(けいけん)な基督(キリスト)教徒であった真里亜は、一転して神を憎んだ。

「お前さんを皆無に逢わせてやろう。代わりに、アタシの願いを聞いて呉(く)れるかい？」

真里亜は、容(い)れた。
愛蘭(アキラム)のエーテルを取り込んで、生きながらにして幽鬼(レイス)となった。

そうして、運命の十一月一日。

『大日本帝国陸軍・第零師団(だいぜろしだん)第七旅団所属、阿ノ玖多羅(あのくたら)皆無少佐であります』

真里亜は実に三年振りに、皆無と逢うことができた。幽鬼(レイス)化した所為で記憶は混濁していたが、それでも真里亜は歓喜した。あまりに嬉(うれ)しくて、飛びつくように皆無の左手を握ってしまった。

――瞬間、世界が流転した。

そうして真里亜は皆無に殺害され、皆無に喰われることで皆無と一緒になった。

それからの二週間は、まさしく夢のような心地であった。真里亜は皆無の中で、皆無を存分に堪能することができた。皆無に並び立つのが、あのいけ好かない腕なし泥棒猫なのが気に喰わなかったが。

皆無は何か嫌なことや悲しいことがあると、度々左手を撫ぜた。その度に真里亜は、自分が皆無の中で如何に大きな存在であるのかを再確認することができて、とても嬉しかった。

真里亜はずっと皆無の中で皆無を感じ続けていたかったが、やがて別れの日がきた。皆無が阿ノ玖多羅正覚のエーテル核を吐き出したときに、一緒に放り出されてしまったのだ。そのときには既に皆無は魔王化に至っており、真里亜が皆無の魂にしがみつくのもいい加減限界がきていた。

だから真里亜は、仕方なく天に昇った。天に昇り、神と取引をした。何しろ真里亜は璃々栖や皆無の無限のエーテルに三週間弱もの間浴せしめられていたため、そのエーテル総量たるや相当なものになっていたのだ。

こうして真里亜は新人の身ながら守護天使という座に収まることができ、二週間の修業を経てようやく、天国と地上界の間にある『門』の警備任務に充て(あ)られた。充てられるや否(いや)や、真里亜は門を抜け出して現世に降り立った――ちょうど、璃々栖が火威矛(カイム)に胸を貫かれた瞬間のことである。

正直、璃々栖の魂がどうなろうが知ったことではなかったが、璃々栖が攫(さら)われてしまっては皆無が悲しむと思って、真里亜は咄嗟(とっさ)に璃々栖の魂を確保した。

守護天使の身と言えども火威矛(カイム)と正面からやりあうのは心許(こころもと)なかったから、天使に支給されている喇叭(らっぱ)を使った。あれは使い切りの貴重品。着任初日に無許可で使用してしまった真里亜は、天に戻ったら説教を受けることになるだろう。

その場は、天国門への帰還術式【天国門(ヘブンズゲート)】で脱した。

その後、皆無は阿栖魔台城(アスモデウス)に移動するだろうと思ったから、真里亜は喜び勇んで東へと飛んでいった。やっと逢える、皆無くんに逢える――あまりに浮かれ過ぎていて、皆無の気配を探るのを忘れてしまっていたのは失敗だったが。

そうして阿栖魔台城(アスモデウス)に到達したとき、果たして皆無の気配は城内になかった。しばし城の周りをぐるぐるしていた真里亜はやがて、城内に皆無が現れたのを感じた。さて、どんな言葉で皆無を驚かせてやろうか、運命の再会に相応(ふさわ)しい一言は？　と考えているうちに、皆無が城から飛び出し、力なく落下していくのを見た。

だから――……

第肆幕

光あれ

十数分後／神戸鎮台の中庭／璃々栖

「『ヤハウェよ！』、かぁ」璃々栖は瞠目する。話の規模が大き過ぎて、ついていけない。

ともあれ、「真里亜とやら、そなたには大層世話になった。感謝するぞ」

何しろ、自身の傷をすっかり癒やしてもらい、エーテル核を体内に戻してもらったのだ。問答無用で命の恩人である。

璃々栖が周囲を見回すと、輪切り・みじん切りにされていたはずの第七旅団員、第零師団員たちが全員、綺麗さっぱり蘇生されている——服や装備に至るまで。皆、鎮台の中庭にちょこんと正座する天使・真里亜を見て、『天使だ』『奇跡だ』と口々に囁き合っている。

事実、天使であり、奇跡であった。

（凄まじい威力の神術じゃな）璃々栖は内心、舌を巻く。（面と向かって戦ったとして、勝てるかどうか）

璃々栖は今、中庭の地面に直接座っている。建屋という建屋が破壊し尽くされていて、寛げる場所がないからだ。正面には、天使・真里亜。正座ができず、袴姿で胡坐をかく璃々栖と違い、綺麗に正座して、しゃんと背筋を伸ばしている。璃々栖は少し、悔しい。日本在住歴の違いであろうか。

「ふぅん」

　その真里亜が、獰猛に微笑んだ。途端、凄まじいヱーテル波が璃々栖を打つ。空気が震える。

「そう思うんなら、いい加減、ボクの皆無くんを返してもらえないかな？」

「あはァッ、誰の皆無じゃと？」

　当の皆無はと言えば、

「璃々栖……璃々栖ぅ……良かった、本当に良かったぁ……うわぁあああん！」

　恥も外聞もなく、まるで童のように泣きながら、璃々栖にしがみついている。皆無があまりにも力いっぱい抱き着いてくるものだから、先ほどから背骨が痛い璃々栖である。

「おぉ、よしよし。もういい加減、泣くのはおよし。予はこのとおり生きておる」

「うん……うん！」

　頭を撫でてやると、皆無が少しもじもじした。天使からのヱーテル波が強くなる。璃々栖は気分が良い。が、今はこんなことをしている場合ではないだろう。

「それよりそなた、そこの怪しげな天使と話をせねばならぬであろう。そやつ、そなた以外とは交渉せぬ、と言うのじゃ」

「せやった！　真里亜！」

泣き止んだはずの皆無が、真里亜の姿を認めて再び号泣する。そんな皆無を見て、璃々栖は、この天使が皆無の中で如何に大きな存在だったのかをまざまざと見せつけられ、胸が痛くなる。

（まァ……仕方がない。最悪、側室がまた増えるな）

悪魔と天使が恋仲になれるのかは不明であるが、悪魔と悪魔祓師がなれたのだから、きっとなれるのであろう。

（皆無の愛を独占できぬのは悲しいが……戦力増強は王の務め。割り切るのじゃ、璃々栖）

「真里亜、真里亜ぁ……良かった、生きてて」皆無が真里亜の手を握る。それから、真里亜の異常な姿にようやく気が付いたらしく、「あれ？　真里亜、その翼と輪っか」

「あれれ？　皆無くん、何で天使の輪っか付けてるの？」

「あぁ、うん。これは天使から借りてて」

「ふぅん？　まぁ、ボクが後で返しておくよ」

真里亜が皆無の頭に手を伸ばし、ひょいっと輪っかを取り外す。

「うん、ありがとう……じゃなくて！　そ、その姿、天使⁉」

「えへへ、そぉだよ〜。ボクってば皆無くん専属の守護天使になっちゃったの！」にへら、とだらしない笑みを浮かべる真里亜。一転、その表情が陰り、「まぁ、皆無くん専属っていうのは、これから神サマに認めさせなきゃいけない話なんだけどさ」

「ど、どどどういうこと……？？？」

「そなた、先ほどの話を聞いておらなんだのか？　実は――」

❖　❖　❖

数分後／神戸鎮台の中庭／皆無

「えええッ⁉」皆無は理解が追いつかない。

真里亜はやはり死んでおり、天使に転生したというのだ。しかも、十一月一日のあの夜、真里亜を憑り殺したと思っていたあの乙種悪霊(デーモン)こそが、幽鬼(レイス)と化した真里亜自身だったのだ。

「じゃ、じゃあ僕はあんとき、真里亜をこの手で殺してしもたんか⁉」

とすれば、真里亜を幽鬼(レイス)化させたのは愛蘭(アキラム)――大魔王・鐘是不々(ベルゼブブ)であろう。皆無と最も仲の良かった異性を悪霊化させ、その魂を皆無に喰(く)らわせる。そうして自身は、その少女MARIAの逆さ読み(アナグラム)を名乗って悪魔味(デビリズム)を高め、残り少ないヱーテルの中で、効率良く皆無を洗脳する。

……実に、悪魔的なやり方である。

「いいんだよ」真里亜が微笑んだ。皆無を胸に抱き寄せる。「ボクは、嬉しかったんだ」

皆無は、懐かしい気持ちでいっぱいになりながら、真里亜の胸に鼻先をうずめる。真里亜は璃々栖ほど悪魔的な乳房をしていない。が、三年振りに顔をうずめた幼馴染の胸は、何というか凄かった。

「……なァるほど」璃々栖の冷えた声。「伊ノ上少尉が言っておった、皆無を乳房ソムリエに仕立て上げた真犯人というのはそなたのことじゃったのかァ」

「あわわわわ……」皆無は慌てる。が、今は真理亜のことだ。自分を殺したことを、恨んでいないのだろうか。「その、真里亜――」

「いいんだ。これは、ボクが望んだことだから」真里亜が皆無の頭を撫でてくる。「幸せだったなぁ。皆無くんに殺してもらって、食べてもらって、三週間弱の間、ずっと皆無くんの中で皆無くんを堪能できて」

「重ぉっ!?」皆無は白目を剝きながら、真里亜から飛び退く。「えっ、めっちゃ重いんやけど!?」

「えへへ～。想いは重いものだよ。生まれも育ちもジャパニーズの癖に、何を当たり前のことを」

「あはァッ！　皆無や、そなたの周りに集まる女は、どいつもこいつも重い奴ばかりじゃのぅ！」

「一番重たい女が何か言うとるで……」

「兎も角、その三週間のおかげで、ボクのエーテル核はいけ好かない阿栖魔台の泥棒猫――失礼、璃々栖で・ん・かのエーテルと、魔王化に至った皆無くんの無限のエーテルにたっぷり浴することができた」

『陛下』ではなく『殿下』と言ってのける真里亜。

璃々栖が微笑む。真里亜も微笑む。皆無は少し、怖くなる。

「結果として、皆無くんがボクを吐き出したときには、ちょっと信じられないほどのエーテル総量になっていて。おかげ様で、新人の身ながらこうして守護天使の座に収まってるってワケ」

真里亜が立ち上がった。

「本当はゆっくりとお話ししたいんだけど……生憎と時間がなくってね」

「どういうこと？」

「――【全知】」

真里亜の天使の輪がぱっと輝き、とてつもない量のエーテル波が四方八方へと放出され

る。やがて、そのエーテルが真里亜の中に戻っていく気配があって、

「悪魔大総裁・火威矛（カイム）は、阿栖魔台城（アスモデウス）で待ち構えているねぇ。あと、城を乗っ取ったのは毘比白（ベヒモス）配下の大悪魔（グランドデビル）・魔羅波栖（マルファス）だね」

「魔羅波栖（マルファス）——所羅門七十二柱（ソロモンズデビル）に数えられる、技師畑（エンジニア）の悪魔じゃのぅ。魔科学分野において、沙不啼（サブナツケ）に次ぐ天才と言われておる」璃々栖が唸（うな）る。「なるほど、背中にあったあの大印章（グランドシジル）はニセモノじゃったか」

「城内とその周辺は、魔羅波栖（マルファス）が乗っ取った沙不啼（サブナツケ）の大印章世界（グランドシジル・オブ・ザ・ワールド）が展開されている。あの効果範囲内では、皆無くんたちの術式は全て無効化されてしまう。無論、悪魔化（デビラキズ）も」

「————……」皆無は左手を撫（な）ぜる。（悪魔化（デビラキズ）と魔術なしで、大印章（グランドシジル）を展開させとる神速の火威矛（カイム）と戦う？　無理や。万に一つも勝機はない）

「大丈夫」すると真里亜が、左手に触れてきた。「ボクがいるよ。皆無くんの守護天使である、このボクが。言ったでしょ？　皆無くんの心配事は、ボクが全部追い祓（はら）ってあげるって！」

「でも、どうするん？」

「ボクの神術で、阿栖魔台城（アスモデウス）をまるっと取り囲む。そうすることで、沙不啼（サブナツケ）の大印章世界（グランドシジル・オブ・ザ・ワールド）をかなり弱体化させることができるよ。ただねぇ」真里亜が困った顔に

なる。「門限があって」

「門限？　――あっ」

　皆無は思い出す。

『まったく、あの問題児が！　日の出までに戻らなきゃ破門だってのに、よくやるよ』

「エルサレムの日の出！」

「そうそう、よく知ってるね。さすがは皆無くん」

「は、破門されたらどうなるんや？」

「第九氷地獄で一生氷漬けかなぁ。まぁそれで皆無くんが助かるっていうんなら、やぶさかでもないけど」

「アカン！」皆無は悲鳴を上げる。「せっかく天使として生まれ変われたのに、また真里亜が死ぬやなんて絶対にアカン！」

「んふふ……皆無くん」真里亜が頬ずりしてくる。

「それで」璃々栖が懐中時計を取り出す。「エルサレムの日の出とは、何時なのじゃ？」

「もう……邪魔しないでよね、泥棒猫殿下。んーと、六時半だね」

「こちらは十三時。ヱルサレムとの時差は確か……」

「七時間！　日の出まで、もうあと三十分もないやん！　っていうか、今からヱルサレムまで三十分で戻れるん⁉」

「えへへ、それは大丈夫だよ～」真里亜が、にへらと微笑む。「天使は天国門への帰還神術が使えるから。ここからヱルサレムまでは一瞬だよ」

「じゃが、時間がないことに変わりはない。皆無や、悪魔化(デビラキズ)はできそうか？　予との合一は？」

「いや」皆無は心細くなる。「ヱーテルが、まるで足らん」

「今、いくつじゃ？」

「一億もない」

「ふむ。衆目の前でやるのはちと恥ずかしいが……」かつては見せびらかすように口付けしていた璃々栖が、もじもじしながら、「仕方あるまい。ほれ、皆無」

「う、うん」

皆無は顎を上げる。思えば、口付けによるヱーテルの受け渡しも随分と久しぶりである。

璃々栖の、魅力的で蠱惑的(こわくてき)な唇の感触。どろりとした甘いヱーテルが、皆無の舌を、喉を、胃を温めていく。

「出た！　神戸鎮台の名風景！」「今日もお熱いですなァ！」「羨ましい！」

周りでは、第七旅団の男どもが囃し立てている。

「か、かかか、皆無名誉元帥閣下が目を閉じてる！　可愛い！」「養子にしたい！　育てたい！」「嗚呼、あんなにも必死に喉を鳴らして！」

女どもも囃し立てている。

（いつも思うけど）皆無は内心、複雑だ。（何で俺の周りの女ってみんな、こう、保護者みたいな目で俺を見るんやろう）

皆無自身は、頼れる上司、格好良い男性のつもりでいるのだが。

璃々栖のエーテル総量は五億。対する皆無は十億。皆無の喉が何度も鳴り、これで皆無が約三億になった。

「ぷはァッ」

皆無は口を離す。光り輝くエーテルの橋が架かる。

「ず～る～い～ッ！」真里亜が地団太を踏んだ。「ボクも皆無くんにエーテル譲渡したい！　ね、皆無くん、いいでしょ⁉」

「えええええっ⁉」皆無は仰天する。「り、璃々栖……」

「よ、予に助けを求めるでない！」璃々栖が白目を剝いている。「あぁ、もう！　緊急事態じゃ。許す！」

「えへへ……皆無くん」真里亜がもじもじしている。

「ま、真里亜……」皆無ももじもじする。

皆無は、背が低い。一四〇サンチしかない。本格的に伸び始める前に死を経験し、エーテル体になってしまったからである。

エーテル体なのだから、自由に背を伸ばすこともできる。が、『それは何かが違うのじゃ』という王の謎のこだわりにより、身長の操作は禁術に指定されてしまっている。

他方、真里亜は背が高い。璃々栖と同じくらいで、ざっと一五五サンチである。

皆無は真理亜の前に立つ。皆無は、真里亜を見上げる形になる。

「皆無くん……」

真里亜が頬を染めながら、皆無の頬に触れてきた。そのまま、ついっと顎を上げさせられる。

真里亜の顔がゆっくりと近づいてきて、唇と唇が触れ合った。

（────ッ！）皆無は思わず、爪先立ちになる。

皆無は今まで、初恋の相手は璃々栖だと思っていた。が、ひょっとすると違ったのかもしれない。

五歳のころから四年近く、毎日のように一緒にいた幼馴染。一緒に泥んこになって遊んだりもした。一緒に風呂にも入った。

三年振りに、最悪の形で再会した幼馴染。悪霊（デーモン）が憑（つ）いているという家の住所を聞いて、まさかと思った。そうして十一月一日のあの夜、皆無は、ぐずぐずに焼け爛（ただ）れた顔の幽鬼（レイス）と出会ったのである。廊下に転がっていた真里亜の遺体に足を引っかけて転んだときの悲鳴は、あれは本当に、心からの悲鳴だったのだ。あの場で泣き出さなかったのは、屋敷の外で三人の莫迦（ぶか）が待って呉（く）れていたからこそ。

そんな真里亜が生きていて、こうして今、自分と口付けしている。この感慨は何だろうか。この感情に、どのような名前を付ければよいのだろうか。

皆無の喉に、璃々栖のソレよりもなお甘く濃厚で、何やら悪魔的なヱーテルが流れ込んでくる。どんどん、どんどん、際限なく流れ込んでくる。

（え？　え？　えええ？）体内のヱーテルは五億を超えた。まだまだ注ぎ込まれる。（ど、どどどういうこと!?）

ようやく、真里亜が口を離した。皆無はくらくらしている。幼馴染との口付けで緊張したとか、そういう浪漫（ロマンチック）的な話ではない。皆無は驚愕（きょうがく）する。ヱーテル酔いだ。ヱーテル総量十億の自分が、ヱーテル酔いをしているのだ！

「まったく、非道いものを見せられた」璃々栖が溜息をつく。「戦の準備をしようぞ。時に皆無や、聖霊は何処におる？」

十三時十二分／阿栖魔台城上空／皆無

悪魔化を果たした皆無は、悪魔の翼で以て空に佇む。腕の中で、璃々栖がかすかに震えた。

「璃々栖、聖霊のことは、その……」

「良い良い」璃々栖が顔を上げた。陽光に照らされた目元が赤い。「立派に戦って果てたのじゃ。名誉の死である。それに、予は地獄の門番・綺麗毘麗卿とも懇意じゃ。きっと卿が気を利かせて、聖霊のエーテル核を地獄で保護して呉れておるに違いない。何年、何十年かかるか分からぬが、エーテル核さえ存在しておれば、大悪魔はやがて復活できる」

「準備はいいかな？」隣に佇む真里亜が、尋ねてきた。

皆無はうなずく。『門限』の十三時半まで、もう、少しの余裕もないのだ。

真里亜が翼を広げた。

「――【光あれ】」

短く、それでいて強力無比な詠唱。

真里亜の翼がぐんぐんと大きくなっていき、阿栖魔台城(アスモデウス)をすっぽりと覆う。城が展開する沙不啼(サブナッケ)の結界を、さらに上から覆い尽くしたのである。

「これで、阿栖魔台城(アスモデウス)内――魔羅波栖(マルファス)の大印章世界(グランドシジル・オブ・ザ・ワールド)が弱体化したよ」

「ありがとう、真里亜。――さぁ、璃々栖」

「うむ」

皆無と璃々栖が自由落下を始める。

「皆無」璃々栖が囁(ささや)いた。

「予は、そなたを愛しておる」

「――――!?」皆無は、驚く。

実は今まで、皆無は璃々栖から明確な愛の言葉をもらったことがなかった。そのことが心のしこりになって、璃々栖の腕に上手(うま)く変じることができずにいたのだ。

「愛しておるのじゃ」璃々栖が、皆無の頬に額をくっつける。「ちゃんと言えんですまんかったのぅ」

「俺もや、璃々栖。戦が終わったら、話したいことがたくさんある」

皆無が璃々栖の左肩に触れる。途端、皆無の体が腕に変じる。

「予もじゃ、皆無。――さぁ、征(ゆ)くぞ」

城の中庭――二人の落下予測地点で、火威矛(カイム)が身構えているのが見える。

(【思考加速(クロックアップ)】、百倍ッ！　【精神感応(テレパシー)】――…璃々栖、火威矛(カイム)の剣は、速い。常にこの速度でいくで)

【思考加速(クロックアップ)】の効果は璃々栖にも及ぶ。

(分かった。――【女色は骨を削る小刀(アスモデウス・カッター)】ッ！)

璃々栖の返事が皆無の脳に響いてきた。と同時、迎撃に上がってきた自動人形(オートマタ)たちが細切れになる。

(あはァッ！　これが百倍の世界かァ！　何とも面白いのぅ)自動人形(オートマタ)を撫(な)で斬(ぎ)りにしながら、璃々栖が楽しそうにしている。(皆無や、もっと速くできぬのか？)

(どうやろう？)

皆無単体では、百倍化が限界だった。が、今は違う。璃々栖と合一しているとき、皆無の能力はさらに飛躍的に上昇するのだ。

（んぬぬぬ……）念じると、周囲の風景が、さらにゆっくりになっていく。（百五十、百六十……まだいける。むむむ、二百！　もう一丁、三百！　さらに、四百！　あははっ、凄（すご）い凄い凄い！）

（やはり予の息子は天才じゃァ）

（それ、止（や）めて呉れや）

（んお？　んっふっふっ、なぁにを恥ずかしがっておるのじゃ。幼児退行中のそなたときたら、それはもう甘えん坊さんでのぅ）

（五月蠅（うっさ）いねん！）

皆無は【三千世界（ブッダ・セッタラ）】で三百六十度を見渡す。腕を務める今の皆無に目はないが、術式の目で周囲を窺（うかが）うことができる。

十二聖人のうち、双子が箒（ほうき）に乗って突入し、人形を減らしつつある。

『二丁拳銃』の千晶（ちあき）が曲がる弾丸【追尾風撃（ラファエル・ショット）】を足場に空を駆けながら、やはり人形を減らしつつある。千晶のあの曲芸は、人間時代の皆無の得意技であった。教えて呉れたのは、無論、千晶である。

そんな彼ら十二聖人の主力に守られながら空を飛んでいるのは、村田少将を抱えたヱキャンバス。何とかして、魔羅波栖（マルファス）を城の大印章（グランドシジル）から引き剝がさなければならない。

この場にいる十二聖人はそれだけ。人外の強さを誇るナタスや治癒の名手・ミシェル翁（おう）がいれば、火威矛（カイム）によって師団皆殺しの憂き目を見ることもなかったのだろうが……二人は数日前から行方不明なのだという。

戦場にいるのは、十二聖人だけではない。飛行可能な旅団員、他師団員たちが多数随行し、防御と治癒に努めている。

その数、実に数百名。

拾月（じゅうげつ）大将率いる第零師団（だいぜろしだん）が、総力を挙げて火威矛（カイム）を祓（はら）おうとしているのだ。

璃々栖の爪先が、見えない何かに触れた。膜のような何か。璃々栖と五感を共有している皆無がその感触を知覚した瞬間、周囲の風景が加速し始めた。

（糞（くそ）ッ――【思考加速（クロックアップ）】が）今触れたのは、魔羅波栖（マルファス）が展開する、城の大印章世界（グランドシジル・オブ・ザ・ワールド）の境界面だったのだ。（百倍が限度や）

（気にするな。それより、集中せよッ！――【クピドの矢（キューピット・アロー）】ッ!!）

火威矛（カイム）が立つ場所に向け、璃々栖が光の矢を撃ち込む。

濛々（もうもう）と砂埃（すなぼこり）が立ち込める中、璃々栖たちは着地した。

（背後！）

（【高嶺の花（フラワー・シールド）】ッ！）

璃々栖の背中に花が咲く。煌びやかな花弁が、火威矛の剣を押し留める。

「やっと来たのねェ～ん」火威矛が壮絶な笑みを浮かべている。「――待ちくたびれたぞ」

皆無は自ら腕を動かし、火威矛に【第七地獄火炎】を直接叩き込もうとする。が、火威矛が異常なまでの身体能力で以て素早く後退した。音速超過の後退。まき散らされる衝撃波によって、【第七地獄火炎】の炎が押し返される。皆無は自らの炎に身を焼かれる。

（強い。そして、速い！）

百倍化の知覚で何とかかんとか渡り合えていたあの火威矛は、大印章を使っていない、言わば手加減した相手であった。

対して今の火威矛は、大印章を使っている。百倍化の知覚でなお視認できない、常軌を逸した速さで動く相手。正確に言えば『視認』ではなく【三千世界】による空間把握だが、兎に角、火威矛の動きが速過ぎて、奴が今何処にいて、何処から剣を浴びせかけつつあるのかが分からないのだ。

璃々栖が何重にも【高嶺の花】を展開させ、その隙間を皆無が左腕で弾き返すが、みるみるうちに、璃々栖の全身に裂傷が増えていく。火威矛のひと太刀、ひと太刀が衝撃波を纏(まと)っているのである。

今は、皆無の【三千世界(ブッダ・セッタラ)】による未来予知で、辛うじて防いでいる。秒間数百回もの綱渡りだ。いつか、足を踏み外してしまうだろう。

(このままやと負けてまう！)

(ここは予(よ)に任せよ)

(どうするん？)

(こうじゃ。――【愛の奴隷(アンリミテッド・チャーム)】ッ!!)

『色欲』の魔王・阿栖魔台(アスモデウス)の大印章(グランドシジル)が誇る、精神汚染系の魔王級魔術。一つの街を丸ごと洗脳せしめるほどの、強力無比な魅了(チャーム)魔術。

左腕(グランドシジル)の手の平から、甘い霧が吹き出した。

その匂いに火威矛(カイム)の鼻先が触れた瞬間、火威矛(カイム)が自らの首を刎(は)ねた！

(――凄い。さすがは魔王級)

軍刀を握る火威矛(カイム)の右腕がさらに、火威矛(カイム)の左肩と両足を断ち、腹を裂く。

(今や――【第七地獄火炎(プレゲトン)】ッ!!)

皆無は全力の炎で火威矛(カイム)の体を燃やし尽くす。火威矛(カイム)の体を形作っていたエーテルが、地獄の炎と相殺された。

（よし、よし！　これで一回分のヱーテル体を丸ごと滅ぼしたった！）

火威矛のヱーテル総量は、およそ十万単位。

ヱーテル総量十万単位というのは、所羅門七十二柱の大悪魔を名乗るにしては、信じられないほど少ない。が、放出系の魔術を使わない――使えない――火威矛の戦術では、十万でも十分過ぎるくらいなのだろう。事実、第零師団は一度、この大悪魔によって全滅したのだから。

火威矛はヱーテル体を維持するのに、一万ほどのヱーテルを使っていた。つまりあと九回、火威矛の全身を焼き滅ぼせば、火威矛は死ぬ。

（何処に潜んどる、火威矛!?）

全力の【三千世界】で索敵を行うも、火威矛のヱーテル核は見つからない。

「驚いたわァ～ん」

遠く背後、見張り台の上から火威矛の声が降り注いできた。思考を百倍化させているのに、通常の速度で聴こえてくる。今の火威矛は、身も心も百倍の世界にいるということなのだろう。

「さすが、阿栖魔台の名を襲うだけのことはあるわね。――でもォ」

火威矛が尖塔を駆け下り始めた。飛び降りるのではない。駆け下りているのだ。火威矛が突撃してくる。

璃々栖が【愛の奴隷(アンリミテッド・チャーム)】の霧を放つ。

火威矛(カイム)の鼻が霧に触れた。が、何故(なぜ)か火威矛(カイム)が自害しない。

(魔王級魔術が効かない⁉) 皆無は慌てる。(――いや)

一瞬遅れて、例の轟音(ごうおん)が耳に届き始めた。音速超過機動。全身で音速を突破した火威矛(カイム)が、衝撃波で霧を押し返しているのだ。

再び、壮絶な剣戟(けんげき)が始まる。先ほどまでの、剣だけが音速を超える舞いではない。踏み込みの度に、攻撃の度に、火威矛(カイム)の全身が音を超える。何度も何度も衝撃波が発生し、霧が押し返され、火威矛(カイム)の鼻に届かない。

(アカン、このままやと……)

皆無は早くも心身の限界を感じつつある。何しろ、相手の姿が見えないのだ。【三千世界(ブッダ・セッタラ)】の未来予知による残像、それも常時数百体見える欺瞞(ぎまん)まみれの残像の中から、最も色の濃いものを選び、その太刀が璃々栖の肌に触れる寸前に、自身である左腕をすべり込ませて、剣を弾き返しているのだ。

それを、一秒の間に数百回。

璃々栖もまた、【高嶺の花(フラワー・シールド)】を何十枚と発生させ、火威矛(カイム)の剣を受けようと必死になって呉れている。が、正直言って上手くいっていない。それはそうであろう。何しろ璃々栖には【三千世界】の未来予知がないのだから。そんな璃々栖に防御を任せるのは酷と言うものだ。

（とはいえ、防戦一方は拙い。何しろこっちには、制限時間がある）

真里亜の、門限。十三時半までに火威矛を殺しきり、阿栖魔台城を魔羅波栖から奪還せしめなければならないのだ。既に数分が経過してしまっている。あと十五分で全てを終わらせなければ、真里亜が死んでしまう！

（皆無、こちらも大印章世界を展開させるぞ）

大印章世界。悪魔大印章にのみ許された、自分に都合の悪い術式全てを無効化できる究極の聖域。だが皆無と璃々栖は未だ、阿栖魔台の大印章世界を展開させたことがない。そもそも今日に至るまで、皆無は腕化も満足にできずにいたのだ。

（でも、どうやって!?）

無論、やり方は知っている。阿栖魔台先王が残して呉れた手記に、書いてあったのだ。が、こうも間断なく斬り掛かられては、詠唱もままならない。

――そのとき、新たなヱーテル反応が二つ、戦場に飛び込んできた。双子だ。

「【第七――」

百分の一の世界で双子が口を開き始めた途端、膨大なエーテルが辺りに満ち、温度が急上昇し始める。器用なことに、皆無と璃々栖の周辺だけは温度が上がらない。双子には火威矛の動きは見えていないだろう。だが、この方法ならば火威矛だけを狙うことができる。

「【──地獄火炎】ッ!!」

大爆炎。

火威矛が僅かに足を緩めたのが見えた。

その隙をついて、璃々栖がぱんっ、と両手の平を合わせた。璃々栖の小印章と、阿栖魔台の大印章。二つが繋がり、循環する。璃々栖の中に、一つの世界が生まれる。

(【璃々栖・弩・羅・阿栖魔台が偉大なる七大魔王が一柱の名において命ずる・悪魔大印章よ──顕現せよ】ッ!!)

……だが、大印章世界は展開されなかった。

(何で発動しない!?)

(分からぬ! が──)

再び、火威矛が斬り掛かってくる!

(拙い拙い拙い──ッ!!)

「【AMEN】ッ!!」

短く鋭い詠唱とともに、数条の光の槍が戦場を貫いた。

熾天使弾。数発のうち一発が、火威矛に当たり、熾烈な炎を巻き起こす。百倍化の力を持たずとも、音速超過の相手に弾丸を当てる天才的射撃術。皆無の銃の師匠、『二丁拳銃』の千晶。

（来て呉れた！）

皆無は嬉しい。双子ともども、心強い先輩たちだ。

（理由は分からぬが、予の大印章世界は発動せなんだ。ならば、この城を覆う大印章世界の方を何とかするしかあるまい）

璃々栖の言うことはもっともである。百倍化が限度の自分たちでは、火威矛を相手に防戦一方が関の山。状況を打開するには、まず先に魔羅波栖を倒すしかない。

（この場は任せて、予たちは魔羅波栖のところへ行くぞ）

（でも――）

まだ、足りない。確かに、師匠も双子も極めて強力な悪魔祓師だ。が、火威矛はなお、強い。このままでは、師匠たちはあっという間に撫で斬りにされてしまうだろう。せめてもう一人、戦力が欲しい。例えば――

（嗚呼、ダディ！　こんなとき、ダディがいて呉れれば――ッ!!）

（HAHAHA！）

そのとき、活動写真から飛び出してきた道化師のような、芝居掛かった笑い声が降ってきた。

（呼んだかい、愛する息子よ？）

父だ！　愛する父・阿ノ玖多羅正覚が、飛び降りてきた！

身長は以前よりもなお低く、体は薄っすらと透けている。やはり、例の『コックリさん騒動』により、エーテルを手酷く喰い散らかされているらしい。が、父はそんな惨状など苦にもしていないかのように笑ってみせて、

（こんなにも楽しいお祭り騒ぎに、参加しない手はないからね）

一体全体どういう仕組みか、皆無の【精神感応】に平然と割って入ってくる。

百分の一の世界で、父がゆっくりと印を結ぶ。

（【阿耨多羅三藐三菩提――涅槃寂静】）

父の体がぱっと輝いたかと思うと、あっという間に一八〇サンチの大人の姿になる。

「あらァ、正覚ちゃん」

気が付けば、目の前に火威矛(カイム)が立っていた。腹部の大印章(グランドシジル)が、火花を放っている。

「アタシ、ずっとずぅーっと、アナタと戦ってみたかったのよ」

(行け、皆無！)

父の言葉に背中を押され、皆無と璃々栖は城内へと突入する。

奥から奥から無尽蔵に人形が湧き出してきて、行く手を阻む。璃々栖の顔をした自動人形(オートマタ)たちである。一体一体が甲種悪魔(デビル)にも相当する強さと硬さを誇る強敵。

(糞(くそ)ッ、糞糞糞ったれ！　こんなことしとる場合やないのに！)

皆無は細い廊下の中、人形を破壊しては【収納空間(アヰテムボックス)】に収納し、破壊しては収納し、を繰り返す。さながら隧道(トンネル)掘り。ここは旅順の戦場ではないのに。

猛烈な焦りの中、突き進むこと五分。

真里亜の『門限』十分前にしてようやく、魔羅波栖(マルファス)の潜む『大印章(グランドシジル)の間』手前の扉に到達した。先ほど、聖霊(セアル)が命と引き換えに連れてきて呉れた場所である。

皆無は腕化を解く。地に足を着けると、思わずふらついた。

「皆無」

「大丈夫や」皆無は扉に触れる。が、扉は開かない。「嗚呼……あぁぁ、そんな」

「どうしたのじゃ？」

璃々栖も扉に触れる。城の主である璃々栖、皆無、聖霊(セアル)のいずれかが扉に触れれば、ひとりでに開くはずなのだ。なのに。

「開かぬ、じゃと？　――魔羅波栖(マルファス)か」

「命令文(プログラム)を書き換えたって⁉　そんな高度な真似(まね)――」

「魔羅波栖(マルファス)は沙不啼(サブナツケ)に次ぐ技師(エンジニア)の大家である。事実、こうなっておるのじゃ」

「嗚呼、どうしよう……どうすれば、璃々栖⁉」

「壊してみよう」

「そんな、できるんか？」

「やるしかあるまい」

【第七地獄火炎(プレゲトン)】、【十二の悪の爪(マレブランケ)】、【女色は骨を削る小刀(アスモデウス・カッター)】、【神使火撃(ミカエル・ショット)】。

あらゆる手を尽くしたが、扉はびくともしなかった。無論、部屋を取り囲む壁の方も試した。が、結果は同じ。

「嗚呼、あぁぁ……残り五分しかない！」

同刻／阿栖魔台(アスモデウス)移動城塞・機関室／ヱキャンバス

「どれじゃ⁉　どれが認証扉を制御している部分なのじゃ……」

視界の先では、老人が機関部の蓋を開き、命令文(プログラム)が穿(うが)たれたパンチカードを鑑定系の術式を纏(まと)った目で舐(な)めている。この老人は、名を何と言ったか。そう、ムラタだ。ムラタ少将。

ヱキャンバスは、焦っていた。いや、これはヱキャンバス自身の焦りではない。ヱキャンバスの脳内では、皆無が自分に騎乗するようになったころからずっと常駐している【精神感応(テレパシー)】が働いている。その【精神感応(テレパシー)】が皆無の焦りを伝えてくるのだ。

皆無。パイロット・皆無。ヱキャンバスは、皆無と一緒に自身を改造した日々を思い出す。

ふと、ヱキャンバスは気付いた。自身の中に刻まれている命令文(プログラム)と、目の前にあるパンチカードの配列が——技師(エンジニア)が持つこだわり、癖のようなものが、ひどく似通っていることに。

ヱキャンバスは、すっとパンチカードの一点を指差す。

「何じゃ？　ここ？　と、ここ？」ムラタ少将が、嫌がることなくヱキャンバスの意見を吸収していく。「さらにここを結べば――おおおッ⁉」

ヱキャンバスの意見をさらに発展させ、ムラタが針でパンチカードに穴を穿っていく。

「これで――どうじゃ⁉」

パンチカードを機関部に収納し、ガチャンッと蓋をした。

❖　❖　❖

同刻／大印章（グランドシジル）の間の前／皆無

（頼む、開いて呉れ！　でなきゃ、今度こそ真里亜が死んでしまう‼）

そのとき、音もなく扉が開いた。

「「えッ⁉」」

驚いた皆無と璃々栖だが、すぐに立て直す。一秒も無駄にはできないのだ。

皆無が先行する。悪魔の翼で低く鋭く飛び、椅子に腰かけている魔羅波栖（マルファス）の肩に手をかけ、勢いよく引き剝がす。

が、場内を満たす沙不啼の大印章世界は、依然として皆無たちに敵意を向けている。

「そんな――何で!?」

「こやつ……」璃々栖が、床に倒れる魔羅波栖の首に触れ、「抜け殻じゃ。こやつのエーテル核はもう」

璃々栖の視線の先、城を制御する座席の背もたれに描かれた大印章が、禍々しく輝いている。

「そんな、ここまで来て――」

「いい加減、諦めなさいな」

そのとき、全身を返り血で染め上げた火威矛が、部屋に入ってきた。

火威矛が、一歩目を、踏む。

轟音と、白い雲。

「糞ぉおおッ!!」

悠長に腕化をしているような暇はない。皆無は璃々栖を庇い、火威矛に突撃する。

【第七地獄火炎】を放ちながら、【十二の悪の爪】を纏った腕で打ちかかる。が、

「遅過ぎる」

火威矛(カイム)の腕がぶれる。一度ぶれる度に、皆無の何処(どこ)かが削(そ)ぎ切(ぎ)りにされる。四肢が、五(ご)臓六腑(ぞうろっぷ)が、脳が、五感が。

(助けて呉(く)れ——誰か、璃々栖をッ!!)

同刻/阿栖魔台(アスモデウス)移動城塞内/ヱキャンバス

主が呼んでいる。

自分を、あの暗く冷たい鉄の山から救い出して呉れた主・皆無が、助けを求めている。

ヱキャンバスは、腰の噴進式(ジェット)ヱンジンで鋭く飛びながら、皆無のもとへ駆けつけようとしている。が、間に合わない。このままでは、間に合わないのだ。

(誰か——)

だからヱキャンバスは、願った。

多分、生まれて初めて、自発的に願った。

(助けて!)

次の瞬間、足元に魔法陣が浮かび上がった。何度か見た覚えのある、魔法陣が。

同刻／大印章の間／璃々栖

辛うじて、見えた。

火威矛が目の前に立ち、軍刀を振り上げ、振り下ろす様子を。

だが、璃々栖は動けない。一倍速の世界の住人に、為す術などない。

――ガギャギャギャギャギャギャギャギャッ!!

凄まじい音が起きた。硬い金属を何度も何度も斬りつけるような音だ。

「…………え？」璃々栖は呆ける。自分が生きていたからだ。そして、自分が抱きしめられていたからだ。「ヱキャンバス!?」

突如として璃々栖と火威矛の間に現れたヱキャンバスが、その背中で璃々栖を庇い、そのまま璃々栖を抱えて部屋の隅まで飛行した。が、そこまでだった。ヱキャンバスは壁にぶち当たり、地面に転がる。

「あらァ？」火威矛が驚いた顔をしている。「ま、寿命が数秒延びただけよ」

「火ぁぁあああ威ぃぃいいいいい矛ぅぅぅうううううううゥッ!!」皆無の怒号。「お前の相手は、この俺やッ!!」

「いやァん」火威矛の嗤い声。「男の子ね。そういうの、大好きよ」

そしてまた、音を超える轟音と、爆炎と、度重なる剣戟。

璃々栖はもう、目の前が霞んでしまってよく見えない。何処か怪我をしているのか、はたまたエーテル切れが近いのか。だが、

「嗚呼、エキャンバスや」

ぼろ雑巾のように地面に倒れ伏していたエキャンバスが、それでもなお、立ち上がった。

璃々栖を守るように、立ちはだかる。

――その背中を見て、璃々栖は心臓が止まるかと思った。

火威矛の剣を受けて散々に斬り裂かれた服。

剝き出しになった背中。

火威矛の剣を受けてなお、傷一つ付いていないその背中で、薄っすらと温かな光を讃えている、その印章は。

（喇叭（らっぱ）、測距儀、物差し――）

所羅門七十二柱（ソロモンズデビル）が一柱、築城と自動人形（オートマタ）の製造に長（た）けた大家の名は。

「……SABNACE（サブナッケ）」

『誠に恥ずかしながら、あの子には沙不啼（サブナッケ）家を背負うような名を授けました。いつかきっとあの子が名を上げ、あの子の名こそが、逆に沙不啼（サブナッケ）の代名詞になるような日がくることを望みます』

「ECANBAS（エキャンバス）！　あはァッ、沙不啼（サブナッケ）の逆さ読み（アナグラム）じゃと⁉　そうか！　そなたが、そなたこそが、次代の沙不啼（サブナッケ）じゃったのかッ‼」

璃々栖は立ち上がり、ヱキャンバスを抱えて椅子へと走る。ヱキャンバスが戸惑った様子を見せるが、構わない。璃々栖はヱキャンバスの背中を、背もたれの大印章（グランドシジル）に接続する。

途端、城を覆っていた沙不啼（サブナッケ）の大印章世界（グランドシジル・オブ・ザ・ワールド）が消えた！

さらに次の瞬間、再び沙不啼（サブナッケ）の大印章世界（グランドシジル・オブ・ザ・ワールド）が展開される。それも、璃々栖たちの有利な形で！

「皆無ッ‼」

璃々栖は、愛する男性へ左肩を向ける。

「璃々栖ッ!!」

細切れにされていたはずの皆無が、驚くほどの速さで肉体を再生させる。

皆無の指先と璃々栖の左肩が触れ合い、皆無が速やかに腕に変じる。

「貴様らぁぁあああぁッ!!」

その隙を縫って、火威矛(カイム)が斬り掛かってきた。

――が、

(【思考加速(クロックアップ)――千倍】)


璃々栖は、皆無の思念を聞く。

途端、世界が止まった。今まで、百倍が関の山であったはずの【思考加速(クロックアップ)】が、大印章世界(グランドシジル・オブ・ザ・ワールド)の支援効果を得て、驚くほどの高みに達したのだ。

火威矛(カイム)による音速超過の一撃を、璃々栖は左手で楽々と受け止める。

火威矛(カイム)が音速超過の踏み込みでこちらの背後に回り込もうとするが、今の璃々栖には、火威矛(カイム)の動きが活動写真(キネマ)のコマ送りのようにゆっくりゆっくりと見える。

璃々栖自身の体は、火威矛の剣技にはとても追いつけない。

が、左腕は違う。

（【恋は仕勝ち】ッ!!）

膂力と反射神経を数百倍化させた腕で以て火威矛の剣を受け、いなし、終いには奪い取ることに成功した。

璃々栖は剣を振るう。音速を超えた剣が衝撃波を生み、火威矛を部屋の隅まで撥ね飛ばす。

火威矛が虚空から次なる軍刀を引きずり出すが、そのときにはもう、璃々栖は火威矛に肉薄し、その両腕を斬り飛ばしていた。続く斬撃で、火威矛の全身を細切れにする。

が、

（――足りない）

単なる斬撃では、残り数分以内に――十三時半までに火威矛のエーテルを滅却し切るには足りない。真里亜の『門限』までに火威矛を祓い切るためには、火威矛にもっともっともっと多くの出血を強いる攻撃手段が必要だ。が、璃々栖はこの千倍の世界にまだまだ不慣れで、高威力の放出系魔術が上手く練り上げられない。

（任せて呉れ）

ふと、頼もしい夫の声が聴こえてきた。と同時、璃々栖は己の右手に、見慣れた拳銃が握られていることに気付く。

（――試製南部式）

皆無の愛銃。

同刻／同地／皆無

（【御身の手のうちに】）

火威矛（カイム）に多大な出血を強いさせ、この大悪魔（グランドデビル）を消滅させるに足る術式。

知っている。悪魔祓師（エクソシスト）となってからというもの、皆無はほとんど毎日、その術式を使ってきた。度重なる反復練習の果てに、あらゆる術式の中で最も効率よくヱーテルを放出できるに至った術式。

それは、祈りだ。

（【御国（みくに）と・力と・栄えあり】）

悪魔になろうとも、阿栖魔台（アスモデウス）王国民になろうとも、皆無の本質は変わらない。従軍し、最初に学んだ術式こそが、これであった。

今、皆無の体内は、新鮮なヱーテルで潤いつつある。真里亜だ。この城を覆い尽くしている真里亜の翼を通して、彼女のヱーテルが皆無に注ぎ込まれてくるのである。阿栖魔台城の大印章が皆無たちに有利な形で展開されている今、真里亜のヱーテルの勢いは、留まるところを知らない。

皆無の意図を理解した璃々栖が、大きく背後へ飛び退く。

祈りを通じて、右手の南部式自動拳銃が、今や破裂せんばかりのヱーテル光を帯びている。

皆無の愛銃。十一月一日――運命のあの夜、真里亜を殺害する際に使った銃。真里亜を殺害する際に捧げた祈り。だが今や真里亜は生きており、璃々栖は復活し、あとはただ、目の前に立ちはだかる一柱の大悪魔さえ祓えば、無限の未来が広がっているのだ！

（【永遠に尽きることなく――】）

十分に距離を取った璃々栖が、四肢を再生させつつある火威矛に向けて、南部式の銃口を向けた。引き金を、引く。

（【斯く在り給う】ッ!!）

瞬間、城内に太陽が現れた。

太陽、と見まごうばかりの巨大な火の玉が、南部式の銃口から立ち現れた。七万七千七百七十七単位のヱーテルを注ぎ込まれた光が火威矛に殺到し、火威矛のヱーテル体をすっぽりと包み込む。再生するそばから、火威矛のヱーテルを焼いていく。相殺していく。

同刻／同地／火威矛

（死ぬ――）火威矛は恐慌のただ中にあった。（このままでは死んでしまうッ‼）

火の玉が、体に纏わりついて離れない。再生するそばから、ヱーテル体を削り取られていく。だが、だからといって再生しないわけにはいかない。ヱーテル核が剝き出しになったが最後、自分は完全に焼き滅ぼされてしまうだろう。

【超加速】によって百倍に引き伸ばされた思考の中、無限にも続く地獄の業火のただ中で、火威矛は己のヱーテルがみるみるうちに目減りしていくのを知覚する。

失われた視界の中、様々な顔が目に浮かんでは消えていった。肥溜めを見るような目で見下ろしてくる両親、兄弟、家令、使用人たち。羨望の眼差しで見上げてくる第七旅団の可愛い部下たち。

不意に、炎が和らいだ。すかさず火威矛(カイム)は、自身を再生せしめる。残り千にも満たないわずかなヱーテル。骨と皮のような有様で、何とかヱーテル体を構築する。

視界が戻ってきた。戻った視界の先にあったのは、手の平。それも、非道(ひど)く大きな手だ。敵の、阿栖魔台(アスモデウス)の姫君の大印章(グランドシジル)である。頭を、鷲(わし)づかみにされた。

「【愛(アンリミテッド)の――】」

自身を取り巻くようにして、真っ白に輝く炎が立ち上がる。阿ノ玖多羅皆無の【第七地獄火炎(プレゲトン)】だ。今の自分では、容易(たやす)く焼き滅ぼされてしまうだろう。

彼らは問うてきているのだ。

死か、隷属か。

実に悪魔的な問いである。

(どうすれば――アタシは、どちらを選べば)

地獄の炎を直視できなくて、火威矛(カイム)は目をつぶる。そうしてまた、走馬灯は続く。

絶望の淵(ふち)から救って呉(く)れた毘比白(ベヒキモス)。己の人生を救って呉れた恩人。数百年に及ぶ恩。

毘比白(ベヒキモス)軍の間諜(かんちょう)として大日本帝国に潜入し、根を張り、退魔師の花形たる第七旅団の長(おさ)に上り詰め、盤石な体制を得るまでに要した、この数十年間。

――どちらも大切な思い出だ。かけがえのない、大切な。

選べなかった。死の直前にまで追い込まれ、今や、文字どおり命を燃やし尽くして一矢報いるか、もしくは敵の慈悲にすがって生き延びるかという瀬戸際に立たされて。

【超加速(オーバークロック)】下の世界で、零コンマ一秒もの――実に百秒もの時間を以てしても、火威矛(カイム)は決断することができなかった。

火威矛(カイム)は、諦めた。

未来を、相手にゆだねた。その、悪魔的に大きく禍々(まがまが)しい手の平を、受け入れることに決めた。

「――【奴隷(チャーム)】ッ!!」

LILITH WHO LOST HER ARM

LILITH

LILITH WHO LOST HER ARM

Finale

終幕

同刻／同地／皆無(かいな)

「――――ッ!!」腕化を解いた皆無は、堪(たま)らず部屋を飛び出す。細い廊下を縫うように飛翔(ひしょう)し、屋外へ飛び出した。「真里亜(マリア)！」

見上げると、真里亜が微笑(ほほえ)んでいた。

「またね、皆無くん。――【天国門(ヘブンズゲート)】」

真里亜の姿が、消えた。

【三千世界(ブッダ・セッタラ)】が、十三時二十九分を伝えてくる。

間に合ったのだ。

「真里亜……」

中庭には、再び火威矛(カイム)に殺されたはずの千晶(ちあき)や双子が、五体満足で立っていた。何処(どこ)までも優しく、律儀な天使ある。

❖　❖　❖

「良かったぁ～～～ッ！　良かったのじゃぁ～～～ッ！」

大印章(グランドシジル)の間に戻ると、璃々栖(リリス)が号泣しながらヱキャンバスにすがりついていた。皆無は、意味が分からない。

「り、璃々栖……？」

そのとき、驚嘆すべきことが起こった。

「皆無、ちょうど良いところに来た。陛下を剝がして呉れ」

ヱキャンバスが、喋ったのだ！

「ええええええ⁉　ヱキャンバスお前、喋れたん⁉」

「いや、違う。私はヱキャンバスではない」ヱキャンバスがわちゃわちゃしている。「いや、この体はヱキャンバスなのだが、ええと」

皆無は気付いた。「その瞳の色――お前、聖霊か⁉」

❖　❖　❖

つまり、纏めるとこうである。

聖霊はあのとき、【長距離瞬間移動】によってヱーテルを使い果たした。自らも皆無たちと一緒に阿栖魔台城（アスモデウス）に転移した聖霊（セアル）だったが、ヱーテル核が剝（む）き出しになり、そのヱーテル核すら消え果てる寸前であった。それを見つけたヱキャンバスが、聖霊（セアル）を保護するために自分の体の中に取り込んだのである。

「あっ」聖霊（セアル）の説明を聞きながら、皆無は声を上げてしまった。「あんときの羽虫！」

「羽虫とは失礼な」ヱキャンバスの見た目をした聖霊（セアル）が、ぷんすこ怒ってみせる。「それで、この者――ヱキャンバスのことも、いろいろと分かった」

　ヱキャンバスは、沙不啼（サブナツケ）の孫娘であった。

　生まれつきヱーテル総量が少な過ぎたヱキャンバスは、長く生きられないだろうと沙不啼（サブナツケ）家の者たちから半ば諦められていた。そんな沙不啼（サブナツケ）のことが諦めきれない者が一人。他ならぬ沙不啼（サブナツケ）である。

「そうじゃ」泣き止（な）んだ璃々栖が補足して呉（や）れる。「あやつは、ヱーテル過小症に悩む子供たちを保護するための装置について研究しておった。そして、孫娘について『生き延びる目途がついた』とも言っておった。その装置とは、他ならぬこの、ヱキャンバス機のことなのじゃろう」

「この体の中には、受肉（マテリアラヰズ）もままならない低級悪霊（デーモン）ではあるものの、沙不啼（サブナツケ）の孫娘・ヱキャンバスがちゃんと存在しております」

「じゃあ、ヱキャンバスがちっとも喋らへんのは？」

「純粋に性分だな。非常に引っ込み思案なのだ」

「なるほどなァ……」

納得の皆無。皆無は【精神感応（テレパシー）】によってヱキャンバスと繋（つな）がっている。だから、ヱキャンバスの考えていることは分かる。が、ヱキャンバスはこちらの問い掛けには答えて呉れるが、自ら意思表示をするということを一切しないのだ。だから皆無は、ヱキャンバスがちゃんと生きた一人格であることを知りつつも、彼女の素性については知らないままだった。

「SABNACE（サブナッケ）――ECANBAS（ヱキャンバス）、か。あの爺（じじ）ぃ、ヱキャンバスの技術力を大層買っておった。大印章（グランドシジル）は、その持ち主が死んだとき、元の持ち主が強く望んでいた相手に発現すると言われておる。沙不啼（サブナッケ）の爺ぃは、ヱキャンバスを後継者として認めておったのじゃな」

「沙不啼（サブナッケ）がヱキャンバスに腐心していたのは事実のようです。が、大印章（グランドシジル）が発現した経緯については、また少し違うのです」

「というと？」

「沙不啼（サブナッケ）のヱーテル核と大印章（グランドシジル）ですが、実は陛下の体内で眠っておりました」

「「…………………は？」」

「覚えておられませんか？　毘比白(ベヒヰモス)の分体とこの城で戦ったあの日……沙不啼(サブナッケ)の工房に現れた私は、陛下を連れて部屋から逃れる直前、ちょうど目の前にあったヱーテル核を拾いました」

「あっ」璃々栖が顔を引きつらせる。「あの、ヱーテルの足しにと、そなたが予(よ)に飲ませたヱーテル核！」

「はい……あれこそが、沙不啼(サブナッケ)のヱーテル核だったのです」

「おえぇぇ……」

「いや、璃々栖。この話の流れやと、沙不啼(サブナッケ)のヱーテル核はもう璃々栖の中にはないなっとるんやない？」

「そのとおりだ、皆無。ヱキャンバスは、初めてコロセウムに出た日に、陛下から口移しでヱーテルを譲渡されたと言っております。そしてその日から、背中に違和感を感じるようになったのだと。背中が妙に熱いのだ、と」

「「あああああッ!!」」

　と今度は、皆無と璃々栖が同時に声を上げる。

「ヱキャンバスにヱーテルを譲渡したときに出てきた、ヱーテルの塊！」

「ヱキャンバスが背中を掻（か）くようになったんは、そんときからや！」

「つまり……あのときに、予の中からヱキャンバスの中へ沙不啼（サブナッケ）のヱーテル核が移った、と？　それで、沙不啼（サブナッケ）のヱーテル核の中に封じられていた大印章（グランドシジル）が、ヱキャンバスの背中に発現したということか」

「ご明察です、陛下」

「な、なん、何ということじゃ……答えは最初から、予の中にあったというのか！」

「ですが、この旅はけして無駄ではなかったのでしょう。沙不啼（サブナッケ）家が毘比白（ベヒモス）軍に占領されたとき、ヱキャンバスは自動人形（オートマタ）と間違えられて売り払われました。陛下たちが阿栖魔台（アスモデウス）王国やコロセウムまで旅をしなければ、ヱキャンバスを拾うこともなかった」

「う、うむ！　そうじゃな！　それに」璃々栖が部屋の片隅を見やって、「貴重な戦力も手に入れることができた」

「そ、そのことなんやけど、璃々栖」皆無は冷や汗が止まらない。「ホンマに大丈夫なんやろな、コイツ？」

部屋の片隅で跪（ひざまず）く影。悪魔大総裁・火威矛（カイム）である。

「大丈夫じゃァ」璃々栖が自信満々に微笑む。「大魔王・阿栖魔台（アスモデウス）の、魔王級魔術じゃぞ？　そうじゃな、神威（かむい）中将殿？」

「あらァ」火威矛(カイム)が顔を上げた。「まだ、アタシをその名で呼んで呉(く)れるの、璃々栖ちゃん陛下？」

火威矛(カイム)――神威中将は、何やらすっきりとした顔をしている。

「そりゃァ、ね」神威が微笑む。「毘比白(ベヒモス)ちゃん陛下とも随分と長いけれど、それでもやっぱり、数十年は長いわよ。第七旅団を守り、育んできたこの年月は。璃々栖ちゃん陛下には逆らえない、という心の枷(かせ)をもらえたことで、何だか安心しちゃった。やっぱり、自分の可愛(かわい)い子供たちを殺すのは……ね？」

皆無は【愛の奴隷(アンリミテッド・チャーム)】を掛けられたことがないので、神威の今の心境がはっきりとは理解できない。が、旅団長として働いている彼は、いつも楽しそうだった。あの笑顔は、きっと本物だったのだろう。

「それにしても」神威が破顔した。「驚いたわよォ。アタシを消滅寸前にまで追い込んで、死か隷属かの二択を迫ってくるだなんて。【愛の奴隷(アンリミテッド・チャーム)】と【第七地獄火炎(プレゲトン)】。二人とも息ぴったり」

「「…………え？」」皆無と璃々栖が首を傾(かし)げる。

「え？」神威も傾げる。「意図してやったんじゃなかったの？　この土壇場で戦力増強にまで考えが及ぶなんて大した王様だ――って思ったのも、隷属を受け入れた一因だったのだけれど」

「いや、ンなこと考える余裕なんてなかったって」と皆無。「もたもたしとったら真里亜が死んでまうんやから。俺はただ、全力でお前を焼き殺すつもりでいて、けど璃々栖が先に魔術を発動させとったから、ヱーテルを相殺させへんように待機しとっただけや」

「予は」と璃々栖。「ただただ無我夢中で、己の使える最大の攻撃手段をそなたに叩き込んだだけじゃな」

「ななな……ぷっ」神威が吹き出した。「アナタたち、しっかりしてるのか抜けてるのか、どっちかにしなさいよォ」

「ご、ごほん！　兎に角」璃々栖が仕切り直す。「そなたの処遇は日本国と協議して決めるが……まァ順当にいけば、阿栖魔台王国の将軍職じゃな。さて、ヱキャンバスや」

璃々栖が話しかけると、ヱキャンバスがいつもの無表情に戻り、コクコクコクコクとうなずいた。聖霊が中に引っ込んだのだろう。

「城を動かして給れ。黄海へ、艦艇を送り出してやらねばならぬ」璃々栖が虚空から海軍将校の軍服を取り出し、美しく微笑んだ。「出陣じゃ。日本を救いに征くぞ」

あとがき

弐巻をお手に取ってくださり、誠にありがとうございます！　明治サブです。

壱巻は本当にたくさんの方々がご購入くださり、温かなご感想をお寄せくださいまして、とても幸せな時間を過ごさせていただきました。本当にありがとうございました。

また弐巻においても、神絵師くろぎり様、デザイナー様、担当様他たくさんの方々にご尽力いただきました。本当にありがとうございました。

さて弐巻ですが、本作は明治時代の中核を成す出来事――日露戦争を副題としております。初稿では史実に沿って物語が進行していたため、璃々栖たちが二月（開戦）になっても四月末（鴨緑江）になっても八月（黄海）になっても日本で足踏みしている展開が続き、『何をもたもたしとんねん』という感が拭えませんでした。そんな風にして五里霧中をさ迷い歩いていたある日、担当様の一言が私の霧を吹き飛ばしてくれました。

「読者さんが求めているの、そこですか？」

た・し・か・に！　『璃々栖』はあくまでラノベ、バディもののファンタジー。求められているのは史実の順守ではなく、悪魔的な娯楽性です。

そこから、原稿は劇的に良くなりました。テンポよく訪れるイベントの数々と、ピンチに次ぐピンチ展開と、大逆転とどんでん返し。担当様をして「これが壱巻でもおかしくなかった」と言わせしめた珠玉の十一万文字です。

なお、戦場に鴨緑江と黄海を選んだのは、鴨緑江会戦が天候、黄海海戦が天祐の一発（あわや敵旅順艦隊を取り逃がす寸前、一発の榴弾が敵旗艦の司令塔を直撃し、司令官・総舵手を即死させた）という『天』の助けで勝った戦であるためです。

最後にお詫びがございます。大変申し訳ございませんが、参巻は出ません。

本当にたくさんの方々からご購入・ご感想・応援をいただきました。中にはファンアート（！）をくださった方々までいらっしゃったにもかかわらず、そのご期待を裏切る形となってしまい、本当に申し訳ございません。全ては私の力不足によるものです。

とはいえ私も、全ての伏線が炸裂する第壱部最終巻である第参巻を、そして全二十巻、作中十年に及ぶ物語の続きを諦めたわけではありません。これからも創作活動・Ｗｅｂ小説投稿を続け、出した企画書が全部通るくらいビッグになってから、満を持して『璃々栖』の続きを書いてやろうと目論んでおります。ですので、どうかこれからも明治サブを応援していただけますよう、何卒よろしくお願いいたします。

それでは、みなさまと再びどこかでお会いできることを心より願って。

腕を失くした璃々栖　弐
～明治悪魔祓師異譚～

著　明治サブ

角川スニーカー文庫　23676

2023年6月1日　初版発行

発行者　山下直久

発　行　株式会社KADOKAWA
〒102-8177 東京都千代田区富士見2-13-3
電話　0570-002-301（ナビダイヤル）

印刷所　株式会社暁印刷
製本所　本間製本株式会社

◇◇◇

Printed in Japan　ISBN 978-4-04-113730-7　C0193

★ご意見、ご感想をお送りください★
〒102-8177 東京都千代田区富士見 2-13-3
株式会社KADOKAWA　角川スニーカー文庫編集部気付
「明治サブ」先生
「くろぎり」先生

角川文庫発刊に際して

角川源義

第二次世界大戦の敗北は、軍事力の敗北であった以上に、私たちの若い文化力の敗退であった。私たちの文化が戦争に対して如何に無力であり、単なるあだ花に過ぎなかったかを、私たちは身を以て体験し痛感した。西洋近代文化の摂取にとって、明治以後八十年の歳月は決して短かすぎたとは言えない。にもかかわらず、近代文化の伝統を確立し、自由な批判と柔軟な良識に富む文化層として自らを形成することに私たちは失敗して来た。そしてこれは、各層への文化の普及滲透を任務とする出版人の責任でもあった。

一九四五年以来、私たちは再び振出しに戻り、第一歩から踏み出すことを余儀なくされた。これは大きな不幸ではあるが、反面、これまでの混沌・未熟・歪曲の中にあった我が国の文化に秩序と確たる基礎を齎らすためには絶好の機会でもある。角川書店は、このような祖国の文化的危機にあたり、微力をも顧みず再建の礎石たるべき抱負と決意とをもって出発したが、ここに創立以来の念願を果すべく角川文庫を発刊する。これまで刊行されたあらゆる全集叢書文庫類の長所と短所とを検討し、古今東西の不朽の典籍を、良心的編集のもとに、廉価に、そして書架にふさわしい美本として、多くのひとびとに提供しようとする。しかし私たちは徒らに百科全書的な知識のジレッタントを作ることを目的とせず、あくまで祖国の文化に秩序と再建への道を示し、この文庫を角川書店の栄ある事業として、今後永久に継続発展せしめ、学芸と教養との殿堂として大成せんことを期したい。多くの読書子の愛情ある忠言と支持とによって、この希望と抱負とを完遂せしめられんことを願う。

一九四九年五月三日

すめらぎひよこ
ep.1
illustration
Mika Pikazo
background painting
mocha
魔王城、燃やしてみた
我が焔炎にひれ伏せ世界
12年ぶり「大賞」受賞作!
最強爆焔娘の異世界コメディ!
(あわよくば何か燃やしたい……)という欲求を抱いていたホムラは異世界へと招かれる——。燃やすことこそ大正義! 焼却処分はエクスタシー!! 圧倒的火力で世界を制圧していく残念美少女ホムラの行く末は!?
第27回
スニーカー大賞
大賞
スニーカー文庫
The Devil's Castle, Burning
By my flame the world bows down
スニーカー文庫

世界最高の暗殺者、異世界貴族に転生する
The world's best assassin, To reincarnate in a different world aristocrat
月夜 涙
画 れい亜
“伝説の暗殺者”、異世界で無双
最強×無敵の
アサシンズ・ファンタジー——！
世界一の暗殺者が、暗殺貴族の長男に転生した。現代であらゆる暗殺を可能にした知識と経験、そして暗殺者一族の秘術と魔法。その全てが相乗効果をうみ、彼は史上並び立つ者がいない暗殺者へと成長していく!!
特設サイトは▼コチラ！▼
スニーカー文庫

地下鉄で美少女を守った俺、
名乗らず去ったら
全国で英雄扱いされました。
水戸前カルヤ
ill. ひげ猫
彼のおかげで、私はどうにか
助かることができました
でもそのヒーローって、
俺のことなんだが!?
高校受験の帰り道、涼は地下鉄で突如通り魔に遭遇した。
転んだ少女を庇うため咄嗟に戦い勝利するも、疲れて
そのまま家に帰った翌日、涼が目にしたのは――テレビ
に映った美少女が自分の事を英雄と呼んで探していた。
スニーカー文庫

CONNECT
Reunited
with my former lover on
a dating app
マッチングアプリで
元恋人と再会した。
ナナシまる
ILLUST
秋乃える
シリーズ続々重版中!!
アプリが告げる運命の相手は、
疎遠になっていた元カノ!?
友だちの勧めで始めたマッチングアプリ。【相性98%】運命の人との初対面――しかしその相手は元カノ・高宮光だった！ 同じ大学の美少女・初音心ともマッチし……未練と新しい恋、どっちに進めばいいんだ!?

陰キャだった俺の青春リベンジ
天使すぎるあの娘と歩むReライフ
慶野由志
ill たん旦
この社畜力でやり直す、彼女と一緒の2度目の青春！
シリーズ続々重版中!!
ブラック企業で社畜生活の末倒れた新浜は、目覚めると高校二年生にタイムリープしていた。死ぬ前に頭をよぎったのは高校時代の憧れの少女。2度目の人生は後悔したくない。彼女と一緒に最高の青春をリベンジする!
スニーカー文庫

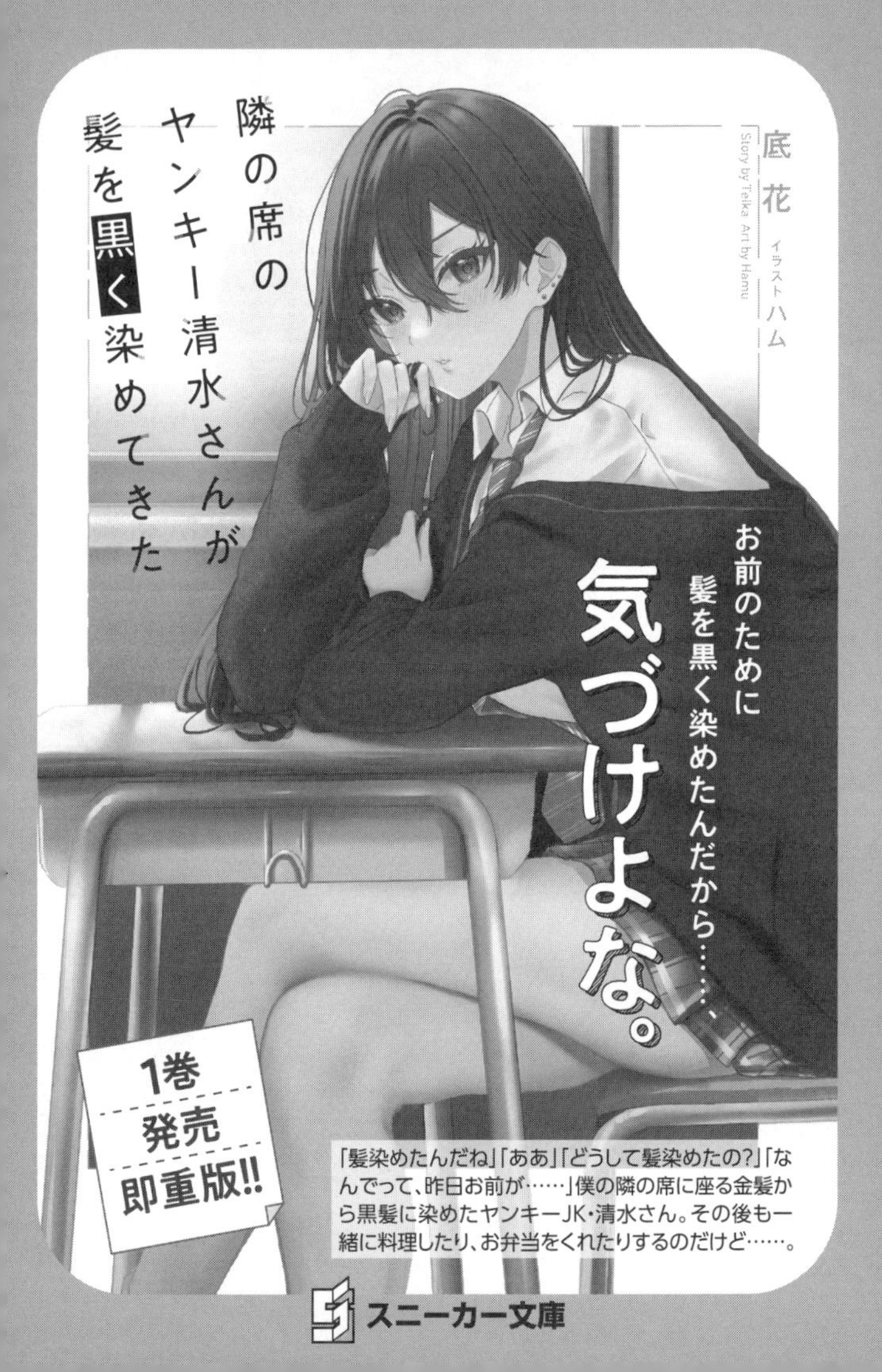
隣の席のヤンキー清水さんが髪を黒く染めてきた
底花　イラスト　ハム
Story by Teika Art by Hamu
お前のために髪を黒く染めたんだから……、
気づけよな。
1巻発売即重版!!
「髪染めたんだね」「ああ」「どうして髪染めたの?」「なんでって、昨日お前が……」僕の隣の席に座る金髪から黒髪に染めたヤンキーJK・清水さん。その後も一緒に料理したり、お弁当をくれたりするのだけど……。
スニーカー文庫

転校先の清楚可憐な美少女が、
昔男子と思って一緒に遊んだ幼馴染だった件
Hibariyu
雲雀湯
illust シソ
重版続々!!
元"男友達"な幼馴染と紡ぐ、
大人気青春ラブコメディ開幕!
作品特設サイト
公式 Twitter
7年前、一番仲良しの男友達と、ずっと友達でいると約束した。高校生になって再会した親友は……まさかの学校一の清楚可憐な美少女!? なのに俺の前でだけ昔のノリだなんて……最高の「友達」ラブコメ!
スニーカー文庫